新编版

入选课本作家优秀作品丛书

契诃夫
Qihefu

短篇小说选
Duanpian Xiaoshuozuan

［俄］契诃夫 / 著

姚锦镕 / 译

华东师范大学出版社

上海

图书在版编目（CIP）数据

契诃夫短篇小说选 /（俄罗斯）契诃夫著；姚锦镕
译. -- 上海：华东师范大学出版社，2021
ISBN 978-7-5760-1498-3

Ⅰ. ①契⋯ Ⅱ. ①契⋯ ②姚⋯ Ⅲ. ①短篇小说—小
说集—俄罗斯—近代 Ⅳ. ①I512.44

中国版本图书馆 CIP 数据核字(2021)第 083039 号

契诃夫短篇小说选

著 / [俄]契诃夫
译 / 姚锦镕
责任编辑 / 吴余
责任校对 / 南艳丹

出版发行 / 华东师范大学出版社
社址 / 上海市中山北路 3663 号　　　邮编 / 200062
网址 / www.ecnupress.com.cn
电话 / 021-60821666　　　行政传真 / 021-62572105
客服电话 / 021-62865537
门市(邮购)电话 / 021-62869887
地址 / 上海市中山北路 3663 号华东师范大学校内先锋路口
网店 / http://hdsdcbs.tmall.com

印刷者 / 武汉兆旭印务有限公司
开本 / 880 × 1230　32 开
印张 / 5
字数 / 104 千字
版次 / 2021 年 4 月第 1 版
印次 / 2021 年 4 月第 1 次
书号 / ISBN 978-7-5760-1498-3
定价 / 16.00 元

出版人 / 王焰

(如发现本版图书有印订质量问题,请寄回本社客服中心调换或电话 021-62865537 联系)

阅读准备

·作家生平·

安东尼·巴甫洛维奇·契诃夫（1860 — 1904），俄国作家、剧作家，与法国作家莫泊桑和美国作家欧·亨利并称为"世界三大短篇小说巨匠"。16 岁那年，父亲破产，举家迁往莫斯科，契诃夫独自一人在家乡求学。在这个阶段，契诃夫接触了许多市井平民，了解了他们的生活状态和贫苦现状，这激发了他对贫穷大众的同情，这段经历也成为其日后创作的重要素材。1879 年，契诃夫进入莫斯科大学学医，毕业后在兹威尼哥罗德等地行医。其间他接触到了更广阔的贫民生活，这深深地触动了他。于是，在从医的同时，契诃夫着手文学创作。1904 年，契诃夫身患肺炎去世。

·创作背景·

契诃夫出生于十九世纪，此时俄国正是沙皇统治时期。统治阶级腐败无能，俄国平民饱受生活的煎熬和痛苦，前者是契诃夫批判的对象，后者是其同情的对象。这一时期的俄国文学状况更为萧条，一些庸俗无聊的幽默刊物风靡一时，因此契诃夫言简意赅、含蓄隽永的小说一出场便受到了读者的欢迎。另外，这时的无产阶级已经开始壮大，契诃夫敏感地察觉到了时代的变化，因而为劳动人民疾呼，支持其运动。

· 作品速览 ·

本书选取了契诃夫最具代表性的 9 篇短篇小说，有最负盛名的《六号病房》《套中人》《变色龙》，另外选取了揭露俄国贫民生活状况的《万卡》《渴睡》；反映俄国森严等级制度的《小官吏之死》和《胖子与瘦子》等，能让读者回到十九世纪沙皇统治下的俄国，与作者一同感受时代沧桑。

· 文学特色 ·

契诃夫出色的创作和优秀的作品为俄国文学和世界文学增添了一抹亮丽的色彩，他的短篇小说更以幽默感和讽刺性闻名于世。契诃夫是世界短篇小说巨匠，其短篇小说极具艺术特色。小说篇幅不长，但含义深刻，人物以日常生活中的平民百姓为主，内容真实。最具特色之处莫过于契诃夫的幽默，小说中对反面人物的批判并不是冷嘲热讽，而是诙谐有趣，虽未直接点明，但效果更佳，让读者在捧腹大笑之余有所思考，有力地表现了作者的态度。

目 录

变 色 龙

📖 名师导读...

　　赫留金的手指被一只三条腿的小狗咬断了！没了手指他可就没办法通过手艺赚钱养活自己了，于是赫留金请求警察主持公道，谁承想，警察长官竟然当街表演起了"变色"的绝技，该哭该笑，该怪无知的小狗还是黑暗的社会，赫留金不知所措……

　　警官奥楚美洛夫身穿崭新的军大衣，手里拿着个小包，走过集市广场。他身后跟着一名警察。此人长着一头红棕色的头发，端着一只粗箩筐，里面装满没收来的醋栗。四下里一片寂静……广场上不见一个人影儿……店铺和酒馆的门洞开着，活像一张张饥饿的嘴巴，对着这大千尘世。附近见不到叫花子的踪影。

　　"该死的，你竟敢咬人？"奥楚美洛夫突然听到有人说话，"伙计们，别放它走！今儿可不许咬人！抓住它！啊……啊！"

　　传来了狗吠声。奥楚美洛夫侧身一看，只见商人彼楚京的柴房里窜出一条狗，用三条腿跑路，不住回头张望。后面追着一个人，穿着浆硬的花布衬衫和敞开怀的坎肩。他追着追着，身子往前一探，扑倒在地，抓住那条狗的后腿。紧跟着又传来狗叫声和人喊声："别放走它！"紧跟着，小铺子里探出一张张睡眼蒙眬的脸，很快柴房附近聚起了一群人，像是从地底下钻出来的。

"长官，可不能闹出乱子来！"那警察说。

奥楚美洛夫往左微微转过身子，向人群走过去。就在柴房门口附近，他看见那个人站着，敞开坎肩，举起右手，伸出一根血淋淋的手指头给众人看。他那喝得半醉的脸上似乎写着："看我不揭你的皮，混账东西！"而他那根手指分明就是一面凯旋的旗帜。奥楚美洛夫一眼就认出此人便是首饰匠赫留金。人群中心，地上就躺着这场乱子的罪魁祸首——一条白毛小猎狗，尖尖的脸，背上有一块黄斑，前腿劈开，浑身哆嗦。它那泪汪汪的眼睛里流露出痛苦和恐惧的神色。

"到底是怎么回事？"奥楚美洛夫挤进人群，问，"待在这儿干什么？干吗拿手指给人看？刚才哪个在闹闹嚷嚷的？"

"这不，长官，我走着走着，没碍着谁……"赫留金凑着空拳头一声咳嗽，说，"我正跟米特利·米特利奇谈柴火的事，忽然间，这个坏东西无缘无故过来咬了我手指一口……请别见怪，我是个干活的人……我干的活可精细哩。这下我的手指一星期都不能动弹了，得让狗主人赔我的损失。长官，法律上可没这么的条款，说是被畜生咬了得忍着，活该自己晦气。要是人人都得遭狗咬，活在世上还有什么意思？"

"哼！说得好……"奥楚美洛夫清了清嗓子，扬了扬眉毛,严厉地说,"说得好……谁家的狗？这事我决不会置之不理。我会让你们看看我是如何处置那些放狗出来闯祸的人的。现在该管管那些不愿遵纪守法的先生了。这个混蛋,得罚他的款,让他好长个记性,放任狗或别的畜生出来祸害人不会有什么好果子吃！瞧我的厉害吧！叶尔德林！"警官转而对警察说,"查查去,看是谁家的狗,打个报告上来！这狗得处死。刻不容缓！可能是条疯狗……我说,这是谁家的狗？"

"像是席加洛夫将军家的！"人群中有人说。

"席加洛夫将军家的？哼！叶尔德林,帮我把身上的大衣脱下来……这鬼天气,热极了！看来快要下雨了……有件事我就是不明白,它怎么会咬了你呢？"奥楚美洛夫转身问赫留金,"它怎么能够得上你的手指呢？狗这么矮小,可你长得又高又大。你的手指多半是被钉子扎坏的,后来脑瓜子生出个坏主意,说是被狗咬的。你这人,谁都知道是怎么个家伙！我可看透你们这班鬼东西！"

"他,长官,为了寻开心。把雪茄烟戳到狗脸上,狗才不傻哩,才咬了他一口……他这人就爱胡闹,长官！"

"你胡说,独眼龙！你瞎了眼,干吗还胡说八道？咱们的长官个个都心明眼亮的,知道哪个在胡说八道,哪个面对上帝凭良心说话……要是我胡说,让调解法官审判我得了。法律上写得明明白白……现如今讲人人平等……我的一个兄弟就在宪兵队办事,要是想知道……"

"少来这一套！"

"不，这狗不是将军家的。"那警察经过深思后，说，"将军家没有这样的狗。他家的狗大多是大猎犬……"

"你有把握吗？"

"有把握，长官……"

"我自己也知道是这么回事。将军家的狗都很名贵，都是优良品种。可这狗——鬼知道是什么玩意儿！论毛色没毛色，论模样没模样，纯粹是下贱货。他家能养这样的狗吗？你们有脑子没有？要让这样的狗跑到彼得格勒或莫斯科去，会得到什么下场，你们知道吗？他们才不管什么法律，转眼就要了它的小命！我说赫留金，你遭了殃，我决不袖手旁观……得给他们颜色看！是时候了……"

"可说不定是将军家的……"警察捉摸后大声说道，"它脸上可没写明是哪家的……前不久我在他家院子里就见过这样一条狗。"

"错不了，准是将军家的。"人群中有人说。

"哼！叶尔德林老弟，把大衣再给我穿上。有风哩……吹得我好冷……你且带上这狗去将军家问问。就说是我找到派人给他送去的。告诉他，以后别再把狗放出来跑到大街上来了……这狗可名贵哩。要是让哪个蠢猪往它鼻子上戳烟卷儿，用不多久不就毁了它吗？狗可都是娇嫩的畜生……我说你这乱嚼舌头的家伙，把手放下来！用不着戳着自己的脏手指啦！都是你自己不好！"

"将军家的厨子过来了，问问他去……喂，普罗霍尔！过来,亲爱的! 瞧瞧这狗……是你们家的吗?"

"亏你想的! 我们家从来没有这样的货色。"

"不用多问了。"奥楚美洛夫说,"是条流浪狗! 不必多说了……既然普罗霍尔说是流浪狗,必定是流浪狗无疑……打死完事。"

"这不是我们家的狗,"普罗霍尔接着说,"是将军兄弟家的狗,是他不久前一起带过来的。我们家老爷不喜欢这样的狗,可他兄弟喜欢……"

"莫非他的兄弟符拉季米尔·伊凡内奇来了?"奥楚美洛夫问,他整个脸上洋溢着可爱的笑容,"天哪! 我还不知道哩! 他要来住一阵子吧?"

"要待一阵子。"

"老天爷! 想念自己的兄弟哩……可我竟不知情! 如此说来是他的狗了? 太高兴了……拿走吧……小狗好好的……挺机灵……咬了这家伙一只手指! 哈,哈,哈……瞧你干吗哆嗦? 呜,呜……你这小坏蛋,生气了是不是……真是条好狗。"

普罗霍尔招呼小狗跟着自己离开了柴房……在场的人把赫留金狠狠取笑了一顿。

"看我不好好收拾你!"奥楚美洛夫边披上大衣,边威胁赫留金说,然后沿着市场广场径自走了。

1884 年

阅读心得

这篇小说具有较强的映射和暗喻特色,通读全篇,不难发现,"变色龙"指的就是文中的长官奥楚美洛夫,他阿谀奉承,不问是非,身为警官,却一心想着巴结上司,不顾百姓死活,是作者重点批判的对象。

我们不难想象,奥楚美洛夫只是当时俄国社会统治阶级的一个代表。在十九世纪末,还有很多像奥楚美洛夫一样的长官,弱小可怜的赫留金们在这样的统治下注定无法生存,他们被统治阶级剥削压迫,甚至连长官的狗都不如,在讽刺统治阶级之余,契诃夫表达了自己对底层百姓辛苦讨生活的同情与怜悯。

写作借鉴

这篇小说值得借鉴的是其对比手法的应用和精妙的动作描写。

小说中用了大量的对比,首先是奥楚美洛夫前后态度的对比,"狗到底是不是将军家的"是他态度转变的标准,这个问题的答案一直在变化,所以他一会儿是为民执法的好长官,一会儿是统治阶级的鹰犬,形象反差对比之间,作者对他的讽刺与厌恶溢于言表。

奥楚美洛夫的动作变化主要体现在"军大衣穿了又脱,脱了又穿",造成的结果是"一会儿冷,一会儿热",仔细想来,这个动作的确和变色龙这种动物在变色时的动作相似,既扣住了题目,同时也增添了幽默风味。

套中人

别利科夫被称为"装在套子里的人"，因为他每样东西都有一个套子，当然，他也把自己装在套子里，他总要把大衣的领子立起来，然后带上一把雨伞，随时做出与世隔绝的样子，就连睡觉也要把头闷在被子里，他为什么会这样？这世上还有多少个别利科夫呢？

在米罗诺西茨村边，在村长普罗科菲的板棚里，两名猎人迟迟才回到这里过夜。他们是兽医伊凡·伊凡内奇和中学教员布尔金。伊凡·伊凡内奇有个相当古怪的复姓：奇木沙-喜马拉雅斯基，这个姓跟他很不相称(旧俄用复姓者多为名人、望族，而伊凡·伊凡内奇只是个普通的兽医。故有此说)，所以省城里的人通常只叫他的名字和父称。他住在城郊的养马场，这次出来打猎是想呼吸点儿新鲜空气。中学教员布尔金每年夏天都在Л姓伯爵家里做客，所以在这一带早已不算外人了。

两人还没有睡觉。伊凡·伊凡内奇是个又高又瘦的老头，留着长长的唇髭，脸朝外，坐在门口月光下吸着烟斗，布尔金则躺在里面的干草上，黑暗中看不见他的脸。

　　他们海阔天空地闲聊着。顺便提起村长的老婆玛芙拉，说这女人身体结实，人也不蠢，就是一辈子没离开过自己的村子，从来没见过城市，没见过铁路，最近十年间更是整天围着炉灶转，只有到夜里才出来走动走动。

　　"这有什么好大惊小怪的！"布尔金说，"有些人生性孤僻，他们像寄居蟹或蜗牛那样，总想缩进自己的壳里，这种人世上还不少哩。也许这是一种返祖现象，他们返回到太古时代，那时候人类祖先还不成其为社会动物，各个独自居住在洞穴里；也许这仅仅是人的复杂性格中的一种罢了——谁知道呢。我不是搞自然科学的，这类问题不关我的事。我只是想说，像玛芙拉这类人，并不是罕见的现象。哦，不必去远处找，两个月前，我们城里死了这么一个人，他姓别利科夫，希腊语教员，我的同事。您一定听说过他。他与众不同之处就在于：他出门时，哪怕是大晴天，也总要穿上套鞋，带着雨伞，而且一定穿上暖和的棉大衣。他的伞装在套子里，怀表用灰色的鹿皮套套起来，有时他掏出小折刀削铅笔，那刀也装在一个小套子里。就是他的脸似乎也装在套子里，因为他总是高高竖起衣领，把脸藏起来。他戴墨镜，穿绒衣，耳朵里塞着棉花，每当他坐上出租马车，一定吩咐车夫支起车篷。一言以蔽之，这个人永远有一种难以克制的欲望——用一层外壳把自己包起来，给自己做一个所谓的套子，可以与外界隔绝，不受外界的影响。现实生活刺激他，让他害怕，惹得他终日惶惶不安。也许是出于胆怯、为自己排斥现实所作的辩护吧。他总是赞美过去，赞美不曾有过的东西。就连他所教的古代语言，实际上也相当于他的套鞋和雨伞，也是可以用来逃避现实的。

"'啊，古希腊语是多么悦耳动听！'他说时露出喜滋滋的表情。仿佛为了证实自己的话，他眯起眼睛，竖起一根手指头，念念有词：'安特罗波斯！'（希腊文："人"）

"别利科夫连自己的思想也竭力藏进套子里。在他眼中，只有那些刊登各种禁令的官方文告和报纸文章才是明白无误的。既然规定晚上九点后中学生不得外出，或者报上有篇文章提出禁止性爱，那么他认为这说得明明白白，确确切切，禁止就是了。至于文告里批准、允许干什么事，他总觉得其中有些成分可疑，还有某种言犹未尽、模糊不清的地方。每当城里批准成立戏剧小组，或者阅览室，或者茶馆时，他总是摇头晃脑，小声说：

"'这个嘛，当然也可以，这都很好，但愿不要惹出什么乱子！'

"任何违犯、偏离、背弃所谓规章的行为，虽说跟他毫不相干，也总让他忧心忡忡。比如说有个同事做祷告时迟到了，或者听说中学生调皮捣蛋，或者有人看到女学监很晚还和军官在一起，他就会非常激动，总是说：但愿不要惹出什么乱子。在教务会议上，他那种疑虑重重、疑神疑鬼的举动和一套纯粹套子式的论调，把我们压得透不过气来。他说什么某某男子中学、女子中学的年轻人行为不轨，教室里乱哄哄的——唉，千万别传到当局那里，哎呀，千万不要惹出什么乱子！又说，如果把二年级的彼得罗夫、四年级的叶戈罗夫开除出校，那么情况就会大有改观。结果呢？他不住地唉声叹气，牢骚满腹，苍白的小脸上架一副墨镜——您知道，那张小尖脸跟黄鼠狼的一样——在他如此这般逼迫下，我们只好让步，把彼得罗夫和叶戈罗夫的操行分数压下去，关他们的禁闭，最后把他俩开除了事。他有一个古怪的习惯——喜欢到同事家串门。他到一个教员家里，坐下后一言不发，像是在监视什么。就这样不声不响坐上个把钟头就走了。他管这叫作'和同事保持良好关系'。显然，他上同事家闷坐并不轻松，可他照样挨家挨户串门，只因为他认为这是尽同事应尽的义务。我们这些教员怕他，连校长也怕他三分。不是吗，我们这些教员都是些有头脑、极正派的人，受过屠格涅夫和谢德林〔屠格涅夫（1818—1883）和谢德林（1826—1889），两人均为杰出的俄国作家〕的良好教育，可是我们的学校却让这个穿套鞋、雨伞不离身的小人压着，苦了整整十五年！何止一所中学？全城都捏在他的掌心里！由于怕他知道，我们的太太小姐们星期六不敢安排家庭演出，神职人员在他面前不好意思吃荤和打牌。在别利科夫之流的影响下，最近十到十五年间，我们全城的人都变得谨小慎微，胆小怕事。不敢大声说话，不敢写信，不敢交朋友，不敢读书，不敢周济穷人，不敢教人识字……"

伊凡·伊凡内奇想说话时，总要清清嗓子，但他先抽起

烟斗来,看了看月亮,然后才一字一顿地说:

"是的,我们都是有头脑的正派人,我们读谢德林和屠格涅夫的作品,以及巴克尔〔巴克尔(1821—1862),英国历史学家〕等人的著作,可是我们又常常屈服于某种压力,忍气吞声……问题就出在这儿。"

"别利科夫跟我住在同一幢房里,"布尔金接着说,"同一层楼,门对门,我们经常见面,所以他的家庭生活我了解。他在家里也是那一套:睡衣,睡帽,护窗板,门闩,无数清规戒律,还有那句口头禅:'哎呀,千万别惹出什么乱子!'斋期吃素不利健康,可是又不能吃荤,因为怕人说别利科夫不守斋戒。于是他就吃牛油煎鲈鱼——这自然不是素食,可也不算是荤的。他不用女仆,害怕被人说三道四。他雇了个厨子阿法纳西,此人六十岁上下,成天醉醺醺的,还有点儿痴呆。他当过勤务兵,好歹能做几个菜。这个阿法纳西经常站在房门口,交叉抱着胳膊,老是一声长叹息,嘟哝同一句话:

"'如今他们这种人多着呢!'

"别利科夫的卧室小得像口箱子,床上挂着帐子。睡觉的时候,他被子蒙头。房间里异常闷热,风敲打着紧闭着的门,炉子里好像有人呜呜哭泣,厨房里传来声声叹息,不祥的叹息……

"他躺在被子里恐惧之极。他生怕会出什么乱子,生怕阿法纳西会宰了他,生怕窃贼溜进家来,这之后就通宵噩梦连连。早晨我们一起去学校时,他无精打采,脸色苍白。看得出来,他怕进这所学生众多的学校,感到非常厌恶,而这个生性孤僻的人觉得与我同行也很不自在。

"'我们班上总是闹哄哄的,'他说,似乎想解释一下为什么他心情沉重,'太不像话!'

"可是这个希腊语教员,这个套中人,您能想象吗,差一点儿还成家了呢!"

伊凡·伊凡内奇猛地回头瞧瞧板棚,说:

"您开玩笑!"

"没错,他差点儿成家了,尽管这多稀奇古怪。我们学校新调来了一位史地课教员,叫米哈伊尔·萨维奇·柯瓦连科,是乌克兰人。他不是一个人来的,还带着姐姐瓦莲卡。他年轻,高挑儿身材,肤色黝黑,一双大手,看模样就知道他说话声音低沉。果真没错,他的声音像从木桶里发出来的:嘭,嘭,嘭……他姐姐年纪已经不轻,三十岁上下,高高的个子,身材匀称,黑黑的眉毛,红红的脸蛋——一句话,哪是姑娘,而是果冻,她不拘小节,爱说爱笑,不停地哼着小俄罗斯的抒情歌曲,高声大笑,动不动就发出一连串响亮的笑声:哈,哈,哈! 我们初次正经结识柯瓦连科姐弟,我记得是在校长的命名日宴会上。我们这群教员个个神态严肃、拘谨,把参加校长命名日宴会也当作例行公事,我们忽然看到,一位新的阿佛洛狄忒(希腊神话中爱与美的女神,即罗马神话中的维纳斯。传说她在大海的泡沫中诞生)从泡沫中诞生了:她双手叉腰走来走去,又笑又唱,翩翩起舞……她动情地唱起一首《风飘飘》，随后又唱一支抒情歌曲，接着再唱一曲，我们大家都让她给迷住了——所有的人，甚至包括别利科夫。他在她身旁坐下，甜蜜地微笑着，说：

"'小俄罗斯语柔和、动听，使人联想到古希腊语。'

"这番奉承使她感到得意扬扬，于是她用令人信服的语气动情地告诉他，说他们在加佳奇县有一处田庄，现在妈妈还住在那里。那里有的是上好的梨，上好的甜瓜，上好的'卡巴克'（俄语中意为"酒馆"，乌克兰语中意为"南瓜"）！小俄罗斯人把南瓜叫'卡巴克'，把酒馆叫'什诺克'。他们用红红的、紫紫的料做出来的浓汤'味道好极了，好极了，好吃得——要命！'

"我们听着，听着，忽然大家不约而同冒出一个念头：

"'把他俩撮合成一对，那才叫妙！'校长太太悄悄对我说。

"不知怎么地，这话提醒了大家，原来我们的别利科夫还是个单身汉。这时候我们都感到好生奇怪，我们对他的终身大事怎么竟一直没有注意，居然完全忽略了。他对女人一般持什么态度？他是怎么解决这个重大问题的呢？以前我们对此完全不感兴趣，也许我们压根就没想过，这个不论晴天雨天都穿着套鞋、挂着帐子的人还能爱上什么人？

"'他早已年过四十，她也三十多了……'校长太太说出自己的想法，'我觉得她是乐意嫁给他的。'

"在我们省，人们出于无聊，什么事干不出来？无聊的蠢事层出不穷！可必要的事没人愿干。不是吗，既然绝不会想到别利科夫会结婚，我们又为什么突然之间心血来潮张罗着这桩婚事呢？校长太太，督学太太，以及全体教员太太个个都跃跃欲试，甚至连她们的模样都变漂亮了，仿佛一下子找到了生活的目标。校长太太订了一个剧院包厢，一看——她的包厢里坐着瓦莲卡，拿着一把小扇子，眉开眼笑，喜气洋洋。身旁坐着别利科夫，瘦小，佝偻着身子，倒像是让人用钳子把他从家里钳到这里来的。我在家里请朋友聚会，太太们硬是要我非把别利科夫和瓦莲卡请来不可。总而言之，机器开动起来了。看来瓦莲卡本人并不反对嫁人。她跟弟弟生活在一起不大愉快，大家都知道，姐弟俩凑在一起成天吵吵闹闹，骂骂咧咧。我给诸位说说这么一出好戏：柯瓦连科在街上走着，一个壮实的大高个子，穿着绣花衬衫，一绺头发从制帽里耷拉到额头上。他一手抱着一包书，一手拿一根多节的粗手杖。她姐姐跟在后面，也拿着书。

"'我说，米哈伊里克(米哈伊尔的小名)，这本书你就没有读过！'她大声嚷道，'我对你说，我可以起誓，你压根没有读过这本书！'

"'可我要告诉你，我读过！'柯瓦连科也大声嚷道，还用手杖敲得人行道咚咚响。

"'哎呀，我的天哪，明契克(也是米哈伊尔的小名)！你干吗生气，要知道你我是在谈原则性的问题。'

"'可我要告诉你：这书我读过！'他嚷得更响了。

"在家里，即使有外人在场，他们也照吵不误。这种生活多半让她厌倦了，她一心想有个自己的窝，再说年龄不饶人哪。现在已经不是挑精拣肥的时候，嫁谁都可以，哪怕希腊语教员也凑合。这么说吧，我们这儿的大多数小姐只要能嫁出去就行，嫁谁无所谓。不管怎么说，瓦莲卡开始对我们的别利科夫表露出明显的好感。

"那么，别利科夫呢，他也像我们一样，常去柯瓦连科家。到了那里，他便坐下来，一声不吭。他闷声不响地坐着，瓦莲卡就为他唱《风飘飘》，或者用那双乌黑的眼睛若有所思地望着他，或者突然发出一串爽朗的笑声：

"'哈哈哈！'

"在恋爱问题上，特别是在婚姻问题上，劝导的作用大着哩。于是全体同事和太太们都劝别利科夫，说他应当结婚了，说他的生活中没有别的遗憾，只差结婚了。我们大家向他道喜，一本正经地重复着那些俗套，比如说婚姻是终身大事，等等，再说瓦莲卡相貌不错，招人喜欢，是五品文官的女儿，又有田庄，最主要的，她是头一个待他这么热情又真心实意的女人。结果说得他晕头转向，他认定自己当真该结婚了。"

"这下该有人让他收起套鞋和雨伞了。"伊凡·伊凡内奇说。

"想不到吧，怎么可能呢？虽然他把瓦莲卡的相片放在自己桌子上，还老来找我谈论瓦莲卡，谈论家庭生活，谈婚姻是人生大事；虽然他也常去柯瓦连科家，但他的生活方式丝毫没有变化。甚至相反，结婚的决定使他像得了一场大病：

人瘦了，脸色苍白，整个人似乎更深地藏进自己的套子里去了。

"'瓦尔瓦拉·萨维什娜（瓦莲卡的正式名字）我喜欢，'他说道，勉强地淡淡一笑，'我也知道，每个人都该结婚，但是……这一切，知道吗，事出突然……需要仔细考虑考虑。'

"'这有什么好考虑的？'我对他说，'您结婚就是了。'

"'不，结婚是一件大事，首先应当掂量一下将要承担的义务和责任……免得日后惹出什么乱子。这件事弄得我心烦意乱，现在天天夜里都睡不着觉。老实说吧，他们姐弟俩的思想方法有点儿古怪，让我心里有点儿怕。他们的言谈，您知道吗，也有点儿古怪。她的性格太活泼。真要结了婚，恐怕日后会惹出乱子来。'

"就这样他一直没有求婚，老是拖着，这使校长太太和我们那里所有太太们大为恼火。他反反复复掂量着面临的义务和责任，与此同时几乎每天都跟瓦莲卡一道散步，也许他认为处在他的地位必须这样做。他还常来我家谈论家庭生活，若不是后来出了一件荒唐事，很可能他最终会去求婚，那样的话，就会促成了一门不必要的、愚蠢的婚姻了。在我们这里，出于无聊，出于无所事事，这样的婚姻可以说成千上万。

"这里须要说明一下，瓦莲卡的弟弟柯瓦连科，从认识别利科夫的第一天起就痛恨他，容忍不了他。

"'我不明白，'他耸耸肩膀对我们说，'不明白你们怎么能容得下这个爱告密的家伙，这么一个卑鄙的小人。哎呀，先生们，你们怎么能在这儿生活！你们这里的空气污浊，能把人活活憋死。难道你们是教育家、为人师表吗？不，你们是一群官吏，你们这里不是科学的殿堂，而是城市警察局，有一股酸臭味，跟警察岗亭里一个样。不，诸位同事，我再跟你们待上一阵，不久就回到自己的庄园去。我宁愿在那里捉捉虾，教乌克兰的孩子读书认字。我一定要走，你们跟这个犹大就留在这里，叫他见鬼去！'

"有时他哈哈大笑，笑得涕泗交流，笑声时而低沉，时而尖细。他双手一摊，问我：

"'他干吗来我家坐着？他要干什么？坐在那里东张西望的！'

"他甚至给别利科夫起了个绰号叫'毒蜘蛛'。自然，我们当着他的面从来不提他的姐姐要嫁给'毒蜘蛛'的事。有一天，校长太太暗示他，说如果把他的姐姐嫁给像别利科夫这样一个稳重的、受人尊敬的人倒不失是件美事。他皱起眉头，埋怨道：

"'这不关我的事。她哪怕嫁一条毒蛇也由她去，我可不爱管别人的闲事。'

"现在您听我说下去。有个好恶作剧的人画了一幅漫画：别利科夫穿着套鞋，卷起裤腿，打着雨伞在走路，身边的瓦莲卡挽着他的胳膊，下面的题词是：'堕入情网的安特罗波斯'。那副神态，您知道吗，惟妙惟肖。这位画家想必画了不止一夜，因为全体男中女中的教员、中等师范学校的教员和全体文官居然人手一张。别利科夫也收到一份。漫画使他的心情极其沉重。

"我们一道走出家门——这一天刚好是五月一日，星期天，我们全体师生约好在校门口集合，然后一道步行去城外树林里郊游。我们一道走出家门，他的脸色铁青，比乌云还要阴沉。

"'天底下竟有这样恶劣、这样恶毒的人！'他说时嘴唇在发抖。

"我甚至可怜起他来了。我们走着，突然，您能想象吗，柯瓦连科骑着自行车赶上来了，后面跟着瓦莲卡，也骑着自行车。她满脸通红，很累的样子，但兴高采烈，欢天喜地。

"'我们先走啦！'她大声嚷道，'天气多好啊，多好啊，简直好得要命！'

"他们走远了，不见了。我们的别利科夫脸色由青变白，像是吓傻了。他停下脚步，望着我……

"'请问，这是怎么回事？'他问，'还是我的眼睛看错了？中学教员和女人都能骑自行车，这成何体统？'

"'这有什么不成体统的？'我说，'愿意骑就由他们骑好了。'

"'怎么行呢？'他喊起来，对我满不在乎的样子，他感到吃惊，'您这是什么话？！'

"他像受到致命的一击，不愿再往前走，转身独自回家了。

"第二天，他老是神经质地搓着手，不住地打战，看脸色他像是病了。没上完课就走了，这在他还是平生第一次早退。他也没有吃午饭。傍晚，他穿上暖和的衣服，尽管这时已经是夏天了，步履蹒跚地朝柯瓦连科家走去。瓦莲卡不在家，他只碰到了她的弟弟。

"'请坐！'柯瓦连科皱起眉头，冷冷地说。他午睡刚醒，睡眼惺忪，心情极坏。

"别利科夫默默坐了十来分钟才开口：

"'我到府上来，是想解解胸中的烦闷。现在我的心情非常非常沉重。有人恶意诽谤，把我和另一位你我都亲近的女士画成一幅可笑的漫画。我认为有责任向您保证，这事与我毫不相干……我并没有给人任何口实，可以招致这种嘲笑，恰恰相反，我的言行举止表明我是一个极其正派的人。'

"柯瓦连科坐在那里生闷气，一言不发。别利科夫等了片刻，然后忧心忡忡地小声说：

"'我对您还有一言相告。我已任教多年，您只是刚开始工作，因此，作为一个年长的同事，我认为有责任向您提出忠告。您骑自行车，可是这种玩闹对身为年轻的师表来说，不成体统！'

"'为什么？'柯瓦连科问，声音低沉。

"'这还需要解释吗？米哈伊尔·萨维奇，难道这还不明白吗？如果教员骑自行车，那么学生们会怎么样呢？恐怕他们只好用脑袋走路了！既然这事没有明文规定可以做，那就不能做。昨天我吓了一大跳！我一看到您的姐姐，我就两眼发黑。一个女人或姑娘骑自行车——这太可怕了！'

　　"'您到底还有什么事？'

　　"'我只有一件事——对您提出忠告，米哈伊尔·萨维奇。您还年轻，前程远大，您的言行举止务必非常非常小心谨慎，可是您太随便了，哎呀，太随便了！您经常穿着绣花衬衫出门，上街时老拿着什么书，现在还骑起自行车来。您和您姐姐骑自行车的事会传到校长那里，再传到督学那里……那会有什么好结果？'

　　"'我和我姐姐骑自行车的事，不干任何人！'柯瓦连科说时涨红了脸，'谁来干涉我个人和家庭的私事，我就叫他——见鬼去！'

　　"别利科夫脸色煞白，站了起来。

　　"'既然您用这种口气跟我讲话，那我就无话可说了，'他说，'我提请您注意，往后在我的面前千万别这样谈论上司，对当局您应当恭而敬之。'

　　"'怎么，难道我刚才说了当局的坏话不成？'柯瓦连科责问，愤愤地瞧着他，'劳驾了，请别来打扰我。我是一个正直的人，跟您这样的先生根本不想交谈。我不喜欢告密分子。'

　　"别利科夫紧张得手忙脚乱起来，匆匆穿上衣服，大惊失色。他平生第一回听见这么不礼貌的话。

　　"'您尽可以随便说去，'他说着从前室走到楼梯口，'不过我有言在先：我们刚才的谈话也许有人听见了，为了避免别人歪曲谈话的内容，闹出乱子，我必须把这次谈话内容……基本要点，向校长报告。我有责任这样做。'

"'报告？报告去！'

"柯瓦连科一把揪住他的后领，只一推，别利科夫就滚下楼去，套鞋碰着楼梯啪啪地响。楼梯又高又陡，他滚到楼下却平安无事。他站起来，摸摸鼻子，看眼镜摔破了没有。正当他从楼梯上滚下来时，瓦莲卡和两位太太刚好走进来。她们站在下面看着——对别利科夫来说这比什么都可怕。看来，哪怕摔断脖子，摔断两条腿，也比成了人家的笑柄强：这下全城的人都知道了，还会传到校长和督学那里——哎呀，千万别惹出乱子来——有人会画一幅新的漫画，结果校方会勒令他辞职……

"他爬起来后，瓦莲卡认出他来。她瞧着他那可笑的脸，皱巴巴的大衣和套鞋，不明白是怎么回事，还以为他是自己不小心摔下来的，忍不住纵声大笑起来，笑声响彻全楼：

"'哈哈哈！'

"这一连串清脆响亮的'哈哈哈'断送了一切：断送了别利科夫的婚事和他的尘世生活。他没听见瓦莲卡说了什么，也没看见什么。他回到家里，首先拿掉桌上瓦莲卡的相片，然后躺倒床上，从此再也没有起来。

"三天后，阿法纳西来找我，问要不要去请医生，因为他家老爷'出事'了。我去看望别利科夫。他躺在帐子里，蒙着被子，不言不语。问他什么，除了'是''不是'外，什么话也没有。他躺在床上，阿法纳西在一旁忙乎着。他脸色阴沉，紧皱眉头，不住地唉声叹气。他浑身酒气，那气味跟小酒馆里的一样。

"一个月后别利科夫死了。我们大家，也就是男中、女中和师范专科学校的人，都去为他送葬。当时，他躺在棺木里，面容温顺、愉快，甚至有几分喜色，仿佛很高兴他终于被装进套子，从此再也不必出来了。是的，他实现了他的理想！连老天爷也表示对他的敬意：下葬的那一天，天色阴沉，下着细雨，我们大家都穿着套鞋，打着雨伞。瓦莲卡也来参加葬礼，当棺木放下墓穴时，她大声哭了一阵。我发现，乌克兰女人不是哭就是笑，介于二者之间的情绪是没有的。

"老实说，埋葬别利科夫这样的人，是一件大快人心的好事。从墓地回来的路上，我们都是一副端庄持重、愁眉不展的面容，谁也不愿意流露出这份喜悦的心情——它很像我们在很久很久以前还在童年时代体验过的一种感情：等大人们出了家门，我们就在花园里跑来跑去，玩上一两个钟头，享受一番充分自由的欢乐。啊，自由呀自由！哪怕只有一点儿迹象，哪怕只有它的一丝希望，它也会给我们的心灵插上翅膀。难道不是这样吗？

"我们从墓地回来，感到心情愉快。可是，不到一个星期，生活又依然故我，依然那样严酷，压抑，毫无理性。这是一种虽没有明令禁止，但也没有得到充分许可的生活。情况不见好转。的确，我们埋葬了别利科夫，可是世上还有多少这类套中人存在，而且将来还会有多少套中人啊！"

"问题就在这儿。"伊凡·伊凡内奇说着，点起了烟斗。

"将来还会有多少套中人啊！"布尔金又重复了一句。

中学教员走出板棚。这人身材不高，胖胖的，秃顶，留着几乎齐腰的黑胡子。两条狗也跟了出来。

"好一派月色，好一派月色！"他说着，抬头仰望天空。

已是午夜时分。向右望去，可以看到整个村子，一条长街伸向远处，足有四五俄里之遥。万物都进入静穆而深沉的梦乡。没有一丝动静，没有一丝声息，难以置信的是，大自然竟能这般寂静。在这月色溶溶的夜里，望着那宽阔的村街和道路两侧的农舍、草垛和睡去的杨柳，内心会感到分外平静。摆脱了一切辛劳、忧虑和不幸，在朦胧夜色下，宁静中村子在安然酣睡，显得那么温柔、凄清、美丽，星星似乎也都亲切地、深情地端详着它，这片土地上邪恶似乎已不复存在，一切都十分美好。向左望去，村子尽头处便是田野。田野一望无际，一直延伸到远方的地平线。沐浴在月光中的这片广阔土地，同样纹丝不动，无声无息。

"问题就在这儿，"伊凡·伊凡内奇又说了一句，"我们住在空气污浊、拥挤不堪的城市里，写些没用的公文，玩'文特'牌戏——难道这不是套子吗？我们在游手好闲的懒汉、损公肥私的讼棍和愚蠢无聊的女人们中间消磨了我们的一生，说着并听着各种各样的废话——难道这不是套子吗？哦，如果您愿意的话，我现在就给您讲一个很有教益的故事。"

"不用了，该睡觉了，"布尔金说，"明天再讲吧。"

两人回到板棚里，在干草上躺下。他们盖上被子，正要蒙眬入睡，忽然听到轻轻的脚步声：吧嗒，吧嗒……有人在板棚附近走动：走了一会儿，站住了，不多久又吧嗒吧嗒走起来……狗汪汪地叫起来。

"这是玛芙拉在走动。"布尔金说。

脚步声听不见了。

"看别人作假，听别人说谎，"伊凡·伊凡内奇翻了一个身说，"你若容忍得了这种虚伪行径，别人就管你叫傻瓜。你只好忍气吞声，任人侮辱，不敢公开声称你站在正直自由的人们一边，你只好说谎，赔笑，凡此种种只是为了混口饭吃，有个温暖的小窝，捞个分文不值的一官半职！不，再也不能这样生活下去了！"

"哦，您扯得太远了，伊凡·伊凡内奇，"教员说，"我们睡觉吧。"

十分钟后，布尔金已经睡着了。伊凡·伊凡内奇却还在不断地辗转反侧，唉声叹气。后来他索性爬起来，走到外面，在门口坐下，点起了烟斗。

1898 年

阅读心得

　　小说主要围绕"套中人"——别利科夫展开，他奇怪的言行很容易引起读者的注意，他把一切都装在套子里，哪怕是削铅笔的小刀。他恐惧一切新鲜的、有活力的事物，而热情歌颂已经逝去的事物，他胆小谨慎，最喜欢说的话就是"千万别惹出什么乱子",这个形象怪异搞笑,象征着那些故步自封、不肯与时俱进的老古板。

可我们深究别利科夫性格形成的原因,却发现正是当时等级森严的沙皇统治才让别利科夫变成这样。最可怕的是,他不仅封闭自己,也试图封闭他人,在他的影响下,整个学校的人都精神压抑,甚至骑自行车都要被他批评。他受到了统治阶级的残害,却也在残害着其他人,而这样的人,在当时的俄国数不胜数……

写作借鉴

小说值得借鉴的主要是故事结构的设置和人物对比的手法。小说采用了故事套故事的叙述手法,很容易抓住读者的眼球,让人产生阅读的欲望。同时,作者着力刻画了别利科夫和柯瓦连科两组对比形象,使前者行为的可笑和不合理更为突出,有力地表达了作者对前者"哀其不幸,怒其不争"的态度。柯瓦连科是新事物的象征,他充满激情活力,认识到了小镇的拘束和自己的天性格格不入,尤其讨厌刻板教条的别利科夫,这正体现了新势力在成长过程中的生机,饱含着作者对俄国社会未来的期望。而别利科夫的死却并不能证明柯瓦连科的胜利,因为社会上还有很多个"套中人",这也是作者叹息之所在。

小官吏之死

　　小官吏切尔维亚科夫死了，说起来他死的原因你一定会震惊，他是被吓死的，而事情起因只是有一次在剧院看戏，他打了一个喷嚏，而唾沫星子不小心溅到了长官的头上。是小气的长官刁难他？还是心魔在作祟？杀死切尔维亚科夫的人到底是谁呢？

　　一个美好的夜晚，一位同样美好的庶务官，大名叫伊凡·德米特里奇·切尔维亚科夫，正坐在剧院第二排的座椅上，眼对望远镜，观看轻歌剧《科尔涅维利的钟声》(法国作曲家普朗盖特所作的轻歌剧)。看着看着，只觉得身子飘飘然起来。但是，突然间——说来小说里出现"突然间"的字样是常有的事。小说的作者没错，不是吗，生活中不乏意外事件——他的脸皮皱了起来，眼皮向上一翻，喘不过气来……他放下望远镜，头一低……一声"阿欠"！！！瞧见没有，他只是打了个喷嚏。打喷嚏嘛，不问什么场合谁也不犯禁的。庄稼汉会打，警长会打，有时甚至连二三品的高官也会打。谁也免不了打个喷嚏。切尔维亚科夫自然丝毫不会为此而感到不自在。他只是拿出手绢擦擦脸，像个知书达礼的人那样，打量一下四周，看看自己这一个喷嚏有没有打扰到别人。这一看不要紧，只害得他顿时心慌意乱起来。只见坐在自己前面第一排座椅上的一位老者拿着手套擦自己的秃脑门和脖子，嘴里还嘟嘟哝哝着什么。切尔维亚科夫认出这老者居然是在交通部门任职的三品文官布里扎洛夫将军。

"我的唾沫星子准溅上他了！"切尔维亚科夫暗想，"虽说他不是我的顶头上司，是别的部门长官，可到底不妥。得跟他赔个不是。"

切尔维亚科夫清了清嗓子，身子前探，凑着将军的耳根低声说道：

"对不起，大人，我的唾沫星子溅上您了……我是无意的……"

"没事，没事……"

"看在老天爷的分上，敬请原谅……我可是无意的！"

"嘿，您请坐下吧！听戏！"

切尔维亚科夫挺不自在，尴尬一笑，看起了戏。看着看着，再也没有方才那种飘飘欲仙的感觉了，只觉得浑身的不自在。幕间休息的时候，他来到布里扎洛夫跟前，在他四周来来去去走了几圈，终于鼓起勇气，大着胆嗫嚅道：

"方才我的唾沫溅上您了，大人，……敬请原谅……我可是无心的……"

"嗨，别说了……我早已不放在心上了，您干吗老提起？"将军说罢，撇了撇嘴唇。

"说是不放在心上，可瞧他那眼神多凶狠。"切尔维亚科夫疑疑惑惑地望着将军，心想，"连话也不想多说。得跟他解释解释，我那是完全无心造成的……打喷嚏到底是自然规律，别认为我想唾他。他即使现在不这么想，过后准这么认为！……"

切尔维亚科夫回家后，把自己的失礼行为告诉了妻子。在他看来，妻子对这一事件的反应态度不免失之轻率。开始时她吓了一跳，后来听说对方是"别的部门的长官"，便放宽了心。

"不过你还是过去给人家赔个不是，"她说，"要不他还以为你在公共场合不懂礼貌！"

"正是！我是道过歉了，可他怪怪的……一句中用的话也没说。再说当时也没时间多谈。"

第二天切尔维亚科夫穿上新制服，刮了脸，向布里扎洛夫将军解释去了……他一进将军的接待室，就看到里面有不少访客，将军本人就在这些求见的人中间，开始接待来客。将军细细询问过几个人后，便抬头看了看切尔维亚科夫。

"大人，您还记得吧，昨天在阿尔卡吉亚剧场，"庶务官报告说，"我打了个喷嚏……不小心唾沫星子溅上了您……对不……"

"多大的事……天知道！您到底要干吗？"将军转身招呼起下一个来访者。

"他连话也不想跟我说！"切尔维亚科夫见此情景，顿时脸色变得煞白，"可见他生气了……不行，不能就此罢休……

我得给他解释解释……"

将军接待完最后一名来访者，正要回内室，切尔维亚科夫拔腿追了上去，嘟嘟哝哝道：

"大人！请原谅我斗胆向您说几句，我这是出自一片悔恨之心！我完全是无意的，请海涵，大人！"

将军听罢摆起了哭丧脸，手一挥。

"天哪，您开哪门子玩笑！"他说着，进了门，不见了人影。

"开哪门子玩笑？"切尔维亚科夫心想，"哪门子玩笑也没开！身为将军，居然还不理解！早知道这样，我死活也不会向这爱摆架子的人赔不是了。见他的鬼！我这就给他写封信，再也不去找他了！真的，再也不去找他了！"

切尔维亚科夫回家的路上就这么琢磨着。但结果他还是没有给将军写信。他想呀想，绞尽了脑汁还是想不好如何下笔。第二天只得再去向他当面解释。

"昨天我打扰了大人，"他一见将军向他投过疑惑的目光，忙嗫嚅道，"我来并非与您开什么玩笑，我是因为打了喷嚏，唾沫星子溅了您，我是来赔不是的。我没想过开什么玩笑。我哪有那么大的胆子敢开玩笑？要是你我彼此会开什么玩笑，那还谈得上上下之尊吗？"

"滚！"将军听得火冒三丈，脸色铁青，浑身哆嗦，大喝道。

"什么？"切尔维亚科夫吓得顿时丧魂失魄，低声问道。

"滚！"将军跺了跺脚，又喝了一声。

这时的切尔维亚科夫已五脏六腑俱裂，什么也看不见，什么也听不到，艰难地退到了门外，来到街上，拖着沉重的步伐迷迷糊糊向家里走去。回到家，制服也不脱，翻身倒在沙发上……一命呜呼。

1883 年

阅读心得

　　小说开篇给读者营造了一个较为轻松欢乐的氛围：主人公切尔维亚科夫在剧院悠然自得地看剧，可打破这份欢乐的喷嚏来了，而且唾沫星子溅到了上司的头上，这让切尔维亚科夫胆战心惊，尽管这个长官并不属于自己的部门，但他还是陷入了会得罪上司的恐惧之中，并开始了漫长的自以为是的道歉之路。但事实上，长官并没有在意这件小事，反而是切尔维亚科夫喋喋不休的道歉惹恼了长官，终于在最后一次道歉时，长官冲他吼出"滚"。结局是切尔维亚科夫吓得回到家就死了。虽然故事让读者觉得可笑，但小官吏的死正显示了当时社会可怕的等级制度以及下层民众普遍的"奴隶心理"。

写作借鉴

　　夸张是这篇小说最突出的表现手法。小官吏因为打了个喷嚏而吓死了，这样夸张的表述，很容易引起读者的阅读兴趣。小官吏为什么会因为打喷嚏而死呢？诱导读者进一步挖掘出小说背后的深刻内涵。这样的写作手法运用到作文中很容易受到阅卷老师的青睐。

胖子与瘦子

名师导读....

　　两个中学同学阔别几年之后在车站相见了！可奇怪的是，他们并没有坐下来好好谈心或者聊聊最近的情况，只见其中一个点头哈腰诚惶诚恐，另一个一脸不解无可奈何，是什么让纯洁的友情发生如此巨大变化的呢？

　　两位朋友在从莫斯科通往彼得堡的尼古拉铁路的一个站点上邂逅。两个人中一位是胖子，一位是瘦子。那胖子刚在站点的餐厅用过午餐，嘴唇油光锃亮，活像两颗熟透了的樱桃。他身上散发出一股烈性葡萄酒和橙花的气息。瘦子呢，刚从车厢里出来，费劲地拖着提箱、大包小包和几只纸板盒子。他的身上则有一股火腿肠和咖啡渣的气息。他的身后，有个尖下巴的瘦女人在东张西望，那是他的妻子，此外还有他的儿子，一位高个子的中学生，眯着一只眼睛。

　　"波尔菲里！"胖子一见瘦子，大声招呼起来，"是你吗？亲爱的！多少年没见了！"

　　"老天爷！"瘦子惊呼起来，"米沙！我少年时的朋友！哪阵风把你吹到这儿来的？"

　　于是两个老朋友亲吻了起来，吻了一次又一次，连吻了

三次,眼望着对方的泪眼。两人无不为这次意外相遇而惊喜
交集。

"亲爱的!"亲吻之后,瘦子先开了口,"真没有想到!太
意外了!我说,你好好瞧瞧我!啊,你还是那么帅!那么倜
傥风流,那么讲究打扮!啊,老天爷!你时来运转了?发财
了?结婚了吗?你瞧,我成家了……她是我妻子路易莎,娘
家姓万岑巴赫……新教徒……他是我儿子,纳法奈尔,中学
三年级学生。纳法尼亚(纳法奈尔的爱称),这位是我小时候的
朋友!中学同班同学!"

纳法奈尔想了想,摘下帽子。

"中学时的同学!"瘦子接着说,"你还记得,大家怎么拿
你开心的事吗?大家管你叫赫洛斯特拉特(古希腊人,他为了
扬名于世,在公元前356年焚烧了世界七大奇观之一的阿尔忒弥斯
神庙),因为你用香烟把公家的一本书烧了一个窟窿。我的
外号叫厄菲阿尔特(古希腊人,曾引波斯军队入境,出卖同胞),因
为我喜欢告状。哈,哈……那时我俩还是少不更事的孩子呢。
别害怕,纳法尼亚!走近点儿……这位是我的妻子,娘家姓
万岑巴赫……新教徒。"

纳法尼亚犹豫片刻,躲到了父亲的背后去了。

"你好吗,朋友?"胖子得意扬扬地看着朋友,问,"在哪
里高就?做到几品官了?"

"是在供职,亲爱的!是八品文官,两年了。得过一枚圣
斯坦尼斯拉夫勋章。薪水不算高……嗨,凑合着过呗。妻子

教音乐。我呢，私底下用木料做些烟盒，挺不错的烟盒！一只卖一卢布。要是一下子买十只或更多的，可以让些价。凑合着过呗。知道吗，原本是个科员，如今上调到本部门任科长……往后就在那儿任职了。我说，你呢？怕已是五品文官了吧？啊？"

"不，亲爱的，还要高哩。"胖子说，"我已经是三品文官了……还得过两枚星章。"

瘦子一听脸色发白，目瞪口呆，但很快脸色舒展开来，现出喜气洋洋的笑容来，脸上、眼睛里似乎火星四射。他整个人像是蜷缩起来，弯腰弓背，矮了大半截……他的手提箱、大包小包和纸板盒全都蜷缩起来，现出条条皱纹来……他妻子的尖嘴巴越发尖了。纳法奈尔挺直了身子，扣上制服上所有的扣子……

"我，大人……可说是非常高兴！您可说是我少年时的朋友，一下子青云直上，做了这么大的官！嘻，嘻，大人！"

"得了吧！"胖子皱起了眉头，说，"干吗用这样的腔调！你我是少年时的朋友，何必用官场上的那套奉承？"

"哪能呢……您说哪里去了……"瘦子的身子蜷缩得越发厉害了，笑嘻嘻地说，"承蒙大人的好意……鄙人如沾再生甘露……大人，他是犬子纳法奈尔……这是贱妻路易莎，新教徒，某种意义上……"

胖子刚想说句客气话，可只见瘦子脸上一副诚惶诚恐、低三下四的寒酸相，直要呕出来。他扭过脸，伸出手来告别。

　　瘦子只握住对方三只指头，深深鞠了一躬，嘴里发出"嘻嘻嘻"的笑声。他妻子也莞尔一笑，纳法奈尔双脚咔嚓一声，挺身敬礼，把制帽也掉落到了地上。一家三口又喜又惊。

1883 年

阅读心得

　　小说内容简单：两个同学在毕业多年以后重逢了，但他们见面的场景有些尴尬，瘦子一开始还和胖子寒暄最近的情况、回忆小时候的故事，但当他听说胖子的官职远远高于自己的时候，顿时觉得自己矮了老同学半截，甚至打起了官腔，言语间都是阿谀奉承和低三下四，原本纯洁的友谊因为一句"做到几品官了"而开始变质，让胖子感到无所适从，也让读者觉得悲凉，在权力和地位面前，友谊已经一文不值，如此态度，何其可悲！

写作借鉴

　　本篇小说以人物对话见长，这也是我们在写记叙文或小说时可以借鉴的，从瘦子的语言变化中，我们可以清楚地感觉到他对胖子的态度变化，譬如将"妻子"改为"贱内"，将"儿子"改为"犬子"。文章以对话结构全篇，但故事的起承转折都在其中，是学习对话描写的典范之作。

普里希别耶夫中士

名师导读 ...

普里希别耶夫曾经是一位中士，可是自打他来到村子以后，村民们都遭了殃，有人聚众看热闹，他要打报告；有人夜里闲坐唱歌，他也要记下来打报告。他就像一个行走的监视器，监视着村子里的每个人，有谁的举动不合规矩，他就会立刻记下来。

"普里希别耶夫中士！你被指控于今年九月三日言语冒犯并殴打本县警察日金、村长阿利亚波夫、乡村警察叶菲莫夫。现有见证人伊凡诺夫和加夫里洛夫，以及另外六个农民。尤其是前三人是在执行公务时受到侮辱的。你认罪吗？"

退伍中士普里希别耶夫，满脸皱纹和肉刺，手贴裤缝立得笔直，嗓子沙哑而低沉，回答时一字一句说得清清楚楚，活像在发布命令：

"长官，调解法官先生！按法律条款，法院当然有理由要求双方陈述当时种种情况。有罪的不是我，而是另外那些人。整个事件是由一具死尸引起的——愿他的灵魂升天！三号那天，我同老婆安菲莎安安分分、规规矩矩走着。走着走着，看见河岸上聚了一大堆各式各样的人。我请问：老百姓有什么权利在这地方集会？为的哪般？莫非律书上写着，老百姓可以成群结伙走动？我喊了一声：散开！然后推开众人，要他们回家去，还下令乡村警察揪住他们的领子，把他们轰走……”

“对不起，我问你：你既不是本县警察，也不是村长，你有权驱散人群吗？”

“无权，无权！”审讯室各个角落里的人齐声喊道，“他搅得人不得安生，大人！我们受了他十五年的罪了！自从他退伍回来，就害得人心惶惶，大家在村里待不下去了。他可把大家害惨了！”

“说得没错，大人！”村长作证说，“村子里民怨沸腾。没法跟他一起过活了！凡是捧着圣像去教堂，婚礼，要不，比如说吧，出了什么事，他都要横插一杠，叫叫嚷嚷，吵吵闹闹，非由他来维持秩序不可。他揪小伙子的耳朵，跟踪监视婆娘们，生怕她们出事，简直成了她们的老公公了……前几天，他挨家挨户下令不许唱歌，不许点灯。他说，没见法律规定可以唱歌的。”

“且慢，待会儿您再提供证词，”调解法官不让村长继续说下去，“现在，让普里希别耶夫继续陈述。说吧，普里希别耶夫！”

“遵命，先生。”中士嘶哑着嗓子，说，“您，长官，刚才说到，驱散人群不关我的事……那好，先生……可要是民众闹事呢？难道能允许乡民胡作非为吗？哪一部法典里写着，可以放纵百姓，听其胡来的？我绝不许可，先生。要不是我来驱散人群，给他们点儿手段瞧瞧，谁又能挺身而出？谁也不懂现行的规章制度，可以这么说，长官，全村只有我一人知道

怎样对付平民百姓。而且，长官，我什么都能弄懂。我不是
庄稼汉，我是中士军官，退役的军输给养员，在华沙当过差，
还在司令部呢，先生。后来，请注意，我堂堂正正退了伍，当
了消防队员，先生。再后来，由于病后体弱离开了消防队，在
古典男子初级中学当了两年门卫……所有的规章制度我全
知道，先生。可是庄稼汉都是粗人，啥也不懂，就应该听我
的，因为——那也是为他们好。就拿眼前这件事来说吧……
我是驱赶了人群，可是岸边沙地上躺着一具捞起来的死尸。
我请问：有什么根据，尸体可以躺在这个地方？难道这正常
吗？县警察管什么的？我说了：'为什么你这个县里的警察
不把此事报告上级？兴许这个淹死的人是投水自尽，但兴许
这案子有点要流放到西伯利亚的性质。说不定是一桩刑事
凶杀案……'可是本县警察日金满不在乎，只顾抽他的烟。他
还说：'这人是谁，怎么跑来指手画脚的？他是你们这儿的什
么人？好像我们离了他就不知道如何是好了。'我回答说：
'既然你只知道干站着，不管不问，可见你这个傻瓜就不知道
该怎么办。'可他说：'我昨天就把这事报告了县警察局长。'
我请问：为什么报告县警察局长？根据哪部法典的哪条哪
款？碰到这类案子，比如有人淹死，有人抹脖子，或者诸如此
类的事，难道归县警察局长管吗？我说，这是刑事案件，民事
诉讼……我说，眼下得派专人呈报侦查员先生和法官们。我
还说，第一步你得写份报告，送交调解法官先生。可是他，这
个县警察，只是张着嘴傻笑。那些庄稼汉也一个样。大家都

笑,长官。我可以对天起誓,我说的没错。喏,这人笑了,那人笑了,日金也笑了。我说:'你们都龇牙咧嘴干吗?'可是县警察开口了:'这类案子调解法官管不着。'我一听就火冒三丈。县警察,你是这么说的吗?"中士转身问县警察。

"是这么说的。"

"大家都听见他有关所有普通百姓的话是怎么说的,'这类案子调解法官管不着'。大伙都听见他说什么来着……这话可把我给惹火了,也吓着我了,长官。我说,你再说一遍,把自己说过的话再说一遍!他又把原话说了一遍……我便冲着他说:'你怎么能这样说调解法官先生?你身为县警察,能说反官府的话吗?啊?'我说:'你知道吗,要是调解法官先生愿意,就可以凭你这话,判你行为不端把你送交宪兵队?你知不知道,调解法官凭你这句政治性的言论,把你驱逐出村,发配到别的地方去?'可村长说:'超出自己权限的事调解法官一件也办不了。他只能审判些鸡毛蒜皮的小事。'他就是这么说的,大伙都听到了……我说了:'你怎么不把官府放在眼里?'我说:'你别跟我闹着玩,到头来准没你好果子吃。'当年在华沙,在男子中学我当门卫时,只要听到有不当的言论,我就朝大街张望,看有没有宪兵在,要是有,我就说:'过来,老总。'把事儿一五一十全向他报告。如今在村子里你能向哪个报告?……闹得我气炸了肺。如今的人肆无忌惮,目无法纪,气得我挥起了拳头……当然啰,我揍得并不费劲,只是给人家轻轻几拳,好让他对您长官再不敢说这样的话。这时县警察出来替村长说话了，所以我把县警察也给揍了……事情就这样闹了下去……我那是在气头上，长官，不揍事儿对付不了。见了蠢家伙不动拳头，心里过意不去。特别是遇到大事儿……见到有人闹事……"

"得了！即使有人闹事，自然有管事的人。有县警察、村长、村警。"

"县警察管不了那么多的事，再说他也没有我更了解情况。"

"不归你管的事，用不着你了解！"

"啥？不归我管？怪哩……有人闹事，居然不归我管！难道还要我夸他们做得对吗？他们不是向您告状吗，说我禁止他们唱歌……唱歌有什么好的？放着正事儿不干，倒要唱歌……他们还时兴晚上点着灯闲坐一起。该去睡了，他们倒好，又是笑又是闹的。我都记下了！"

"记下什么？"

"点灯闲坐的家伙。"

普里希别耶夫从口袋里掏出一张油腻腻的纸条，戴上眼镜，念了起来：

"点灯闲坐者如下：伊凡·普罗霍罗夫，萨瓦·米基福罗夫，彼得罗夫。大兵的寡妇舒斯特罗娃同谢苗诺夫·基斯洛夫私奸。伊格纳特·斯韦尔乔克大搞妖术，他的老婆玛芙拉是巫婆，每天夜里跑出去挤人家的牛奶。"

"别念了！"法官制止了他，转而询问证人。

普里希别耶夫中士把眼镜往脑门上一推，惊讶地打量法官,看得出,对方并不站在他一方。他的眼睛闪闪发亮,鼻子通红。他看了看法官,又看看证人,怎么也不明白,法官干吗那么激动,审讯室的角角落落里干吗会响起叽叽喳喳的不满声和忍着没大声发出的嘻嘻笑声。他怎么也想不通对他竟是这样的判决:监禁一个月。

"为什么?"他疑疑惑惑地摊开双手,问,"凭哪个法律的哪条哪款?"

不过有一点他终于明白了:世道已经变了,他再也没法活下去了。他心情沉重,心灰意冷。他出了审讯室,只见一大群庄稼汉聚在一起,交头接耳。他出于习惯,禁不住挺直身子,双手紧贴裤缝,用那沙哑的嗓子,怒气冲冲地高声嚷道:

"老百姓,都给我散开! 不得聚众! 各自回家!"

1885 年

阅读心得

普里希别耶夫和别利科夫很像,他们都故步自封,见不得新事物,只希望世界和教条中规定的一样井然有序。更可怕的是,他们都是政府的告密者。最终,普里希别耶夫被审判,暗示作者对这些人的态度和希望他们终将被制裁的愿望。

写作借鉴

文中的细节描写值得我们学习。如在描写村民们对普里希别耶夫的态度时,说他们有"忍着没大声发出的嘻嘻笑声",生动再现了村民对中士既憎恨又害怕的情绪。

万 卡

名师导读....

　　九岁的万卡在圣诞夜前夕写了一封给爷爷的信，自打他离开爷爷来到莫斯科，就受尽了屈辱，这里的人对他很不好，东家甚至会把他打到晕死过去，有时仅仅是因为他在哄婴儿的时候睡着了。万卡的信能寄出去吗？爷爷会带着他脱离苦海吗？

　　万卡·茹科夫是个九岁的男孩子，三个月前被送到鞋匠阿利亚欣家当学徒。圣诞节前夜，他没有躺下睡觉。他等到老板夫妇和师傅们外出做晨祷后，从老板的立柜里取出一小瓶墨水和一支安着锈笔尖的钢笔，在自己面前把一张皱巴巴的白纸铺平，写了起来。他在写下第一个字以前，好几次胆战心惊地回头去看了看门口和窗子，斜起眼睛偷看一眼黑乎乎的圣像和圣像两旁摆满鞋楦的架子，时不时叹口气。那张纸就铺在长凳上，他跪在长凳前。

　　"亲爱的爷爷康司坦丁·玛卡雷奇！"他写道，"我在给你写信。祝你圣诞节快乐，求上帝保佑你事事如愿。我没爹没娘，单剩下你一个亲人了。"

　　万卡的目光转到了黑乎乎的窗子，窗上映着蜡烛的影子。他脑海中出现爷爷康司坦丁·玛卡雷奇栩栩如生的形象。爷爷是地主席瓦烈夫家的守夜人。他是个矮小精瘦、手脚异常灵便、爱动的小老头，年纪约莫六十五岁，脸上老挂着笑容，眯着醉眼。白天他在仆人的厨房里睡觉，要么就跟厨娘们唠嗑，夜里穿上肥大的羊皮袄，在庄园四周巡视，不住地敲打梆子。他身后跟着两条狗，耷拉着脑袋，一条是老母狗卡希坦卡，一条是"泥鳅"。之所以叫它"泥鳅"，是因为它浑身长着黑油油的毛，身子细长，像只黄鼠狼。这条"泥鳅"非常听话，对人十分亲热，不论见着自家人还是外人，无不摇尾乞怜，温顺地瞧着人家。然而它是靠不住的。在它的恭顺温和的背后，隐藏着极其狡猾而险恶的用心。任凭哪条狗也不如它那么善于抓住时机，悄悄溜过来，在人的腿肚子上咬一口，或者钻进冷藏室，或者偷农民的鸡吃。它的后腿已经不止一次被人打断，有两次人家索性把它吊起来，每个星期都会被人打得半死，不过每次都死里逃生，活了下来。

这时候，他爷爷兴许就站在大门口，眯起眼睛打量乡村教堂的鲜红窗子，跺着穿高统毡靴的脚，跟仆人们说说笑笑。梆子就挂在他腰带上。他冻得不时拍拍手，缩起脖子，一会儿在女仆身上捏一把，一会儿在厨娘身上拧一下，发出苍老的嘻嘻笑声。

"咱们一起吸点儿鼻烟，怎么样？"他说着，把他的鼻烟盒送到那些婆娘跟前。

女人们闻了点儿鼻烟，喷嚏连连。爷爷乐得什么似的，发出一连串快活的笑声，嚷道：

"快擦掉,要不鼻子冻上了!"

他还给狗闻鼻烟。卡希坦卡打喷嚏,皱了皱鼻子,好不委屈,跑到一旁去了。"泥锹"为了表示恭顺而没打喷嚏,光是摇尾巴。天气好极了。空气纹丝不动,清澈而清新。夜色黑漆漆的,整个村子以及村里的白房顶、烟囱里冒出来的一缕缕炊烟、披着重霜而变成银白色的树木、雪堆,都清晰可见。天空繁星点点,快活地在眨巴眼睛。银河那么清楚地显相露形,仿佛过节以前用雪把它擦洗过……

万卡叹口气,用钢笔蘸一下墨水,继续写道:

"昨天我挨了一顿打。东家揪住我的头发,把我拉到院子里,拿师傅干活用的皮条狠狠抽我,怪我在摇摇篮里他们家的小娃娃时,不小心睡着了。上星期女东家叫我收拾青鱼,我从尾巴上动手收拾,她就捞起那条青鱼,鱼头直戳我的脸。师傅们总是拿我寻开心,老打发我到小酒铺里打酒,指使我偷老板的黄瓜。东家随手捞到什么就用什么打我。吃的东西就别提了。早晨吃面包,午饭喝稀粥,晚上又是面包。说到茶呀,菜汤呀,那只有东家两夫妻喝的份。他们叫我睡在过道里,他们的小娃娃一哭,我就别想睡了,得一个劲儿摇摇篮。亲爱的爷爷,发发上帝那样的慈悲,带着我离开这儿,回家去,回到村子里去吧,我没法活了……我给你叩头,我会永远为你祷告上帝,带我离开这儿吧,要不我死定了……"

万卡嘴角撇下来,握起污黑的拳头揉一揉眼睛,抽抽搭搭地哭了起来。

"我会给你搓烟叶，"他接着写道，"为你祷告上帝，要是我做了错事，自管抽我，像抽西多尔的山羊那样。要是你认为我没活儿干，那我就去求管家看在基督分上让我给他擦皮靴，要不替菲德卡放牛羊。亲爱的爷爷，我没法活了，剩下的只有死路一条。我本想跑回村子，可又没有皮靴，我怕冷。等我长大了，我就会为你这一片好心养活你，不许人家欺侮你，等你死了，我就祷告，求上帝让你的灵魂安息，就跟为我娘彼拉盖雅祷告一样。

"莫斯科是个好大的城市。房子全是老爷们的。马很多，就是没有羊，狗也不凶。这儿的孩子不举着星星走来走去（基督教的习俗，圣诞节前夜小孩们举着用薄纸糊的星星四处走动），唱诗班也不准人随便参加。有一回我在一家铺子的橱窗里看见些钓钩摆着卖，都安好了钓丝，能钓各式各样的鱼，都很贵。有一个钓钩甚至经得起一普特重的大鲶鱼呢。我还看见几家铺子卖各式各样的枪，跟老爷的枪差不多，每支枪恐怕要卖一百卢布……肉铺里有野乌鸡，有松鸡，有兔子，可是这些东西是在哪儿打来的，铺子里的伙计不肯说。

"亲爱的爷爷，等到老爷家里摆着圣诞树，上面挂着礼物，你就给我摘下一个用金纸包着的核桃，放进那口小绿箱子里。你问奥尔迦·伊格纳捷耶芙娜小姐要吧，就说是给万卡留的。"

万卡叹了口气，声音哆嗦，又仔细瞧着窗子。他回想爷爷总到树林里去给老爷家砍圣诞树，带着孙子一起去。那时候真叫快活！爷爷不停咳嗽，发出咯咯声，严寒把树木冻得也咔嚓咔嚓地响，万卡就学样也咯咯地叫起来。砍树前，爷爷往往先吸完一袋烟，久久闻着鼻烟，把冻僵的万卡狠狠取笑一顿……那些做圣诞树用的小云杉披着白霜，立在那儿一动不动，等着看它们中谁先没命。冷不防，不知从哪儿跑过来一只野兔，在雪堆上箭似窜过去。祖父忍不住嚷道：

"抓住它，抓住它，……抓住它！嘿，短尾巴鬼！"

爷爷把砍倒的云杉拖回老爷的家里，大家就动手装点起来……忙得最起劲的是万卡喜爱的奥尔迦·伊格纳捷耶芙娜小姐。当初万卡的母亲彼拉盖雅还活着，在老爷家里做女仆，那时候奥尔迦·伊格纳捷耶芙娜常给万卡糖果吃，闲着没事便教他念书，写字，从一数到一百，甚至教他跳卡德里尔舞。可是等到彼拉盖雅一死，孤儿万卡就给送到仆人的厨房去跟爷爷待在一起，后来又从厨房给送到莫斯科的靴匠阿里亚兴的铺子里来了……

"你来吧，亲爱的爷爷。"万卡接着写道，"我求你看在基督和上帝分上带我离开这儿吧。你可怜我这个不幸的孤儿吧，这儿人人都揍我，我饿得要命，孤单得没法说，老是哭。前几天东家用鞋楦头打我，把我打得昏倒在地，好不容易才醒过来。我的日子苦透了，比狗都不如……替我问候阿辽娜、独眼的叶果尔卡、马车夫，我的手风琴不要送人。孙伊凡·茹科夫草上。亲爱的爷爷，你来吧。"

万卡把这张写好的纸叠成四折，放进昨晚花一个戈比买来的信封里……他想了想，用钢笔蘸一下墨水，写下地址：

乡下爷爷收

然后他搔了搔头皮，想了想，添上几个字：

康司坦丁·玛卡雷奇收

好在他写完信而没有人来打扰，他很高兴，便戴上帽子，顾不上披皮袄，只穿着衬衫跑到街上去了……

昨天晚上他问过肉铺的伙计，伙计告诉他说，信件丢进邮筒以后，就由醉醺醺的车夫驾着邮车，把信从邮筒里收走，响起铃铛，分送到各地去。万卡跑到就近的一个邮筒，把那封宝贵的信塞进了筒口……

他怀着美好的愿望放下了一件心事，过了一个钟头，安心地睡熟了……在梦中他看见一个炉灶。爷爷坐在炉台上，耷拉着一双光脚，给厨娘们念信……"泥鳅"在炉灶旁边来来去去，摇着尾巴……

1886年

阅读心得

这篇小说篇幅不长，故事由万卡的信和回忆构成，在信中，我们了解到了万卡现在的生活境遇，一个九岁的孩子，本该天真无邪地和小伙伴嬉戏，现在却要在东家做工，而且时不时受到东家的虐待，何其可怜。而通过万卡的回忆，我们又可以看到他之前无忧无虑的生活，在回忆里，宠爱他的爷爷和熟悉的故乡让他怀念，两者对比，更衬托了此时此刻万卡境遇的悲惨。

小说共塑造了三个人物形象，可怜的万卡、凶残没有同情心的东家和活泼有趣的爷爷，三个人代表着当时俄国社会的分层，地主阶级的蛮横霸道和穷苦百姓的无奈心酸形成鲜明对比，作者对前者的批判和后者的同情也表现得更为深刻和真挚。

写作借鉴

此篇小说最大的特色是书信和叙述的结合。书信形式有利于以第一人称的视角展开故事情节，表达效果更好，更吸引读者。叙述则能够以全知视角展现故事的始末，让读者感到叙述更加客观。

文中的万卡是一个九岁的孩子，他受教育程度不高，仅仅在之前的东家家里学习过写字，所以并不方便把自己的现状和曾经的回忆有条理地展现在书信中。此时插入回忆的叙述，既能够让读者知道事情的全貌，又不与万卡的身份冲突，因而读来感到真实感人。

渴 睡

名师导读...

瓦里卡是个十三岁的小姑娘，可她现在过的却不是十三岁的孩子该有的生活，她每天白天要干一天的活，而晚上还要哄主人家的小娃娃，这个小娃娃总是哭，一夜一夜地不睡觉，可怜的瓦里卡终于受不了了，她竟然……

深夜。十三岁的小保姆瓦里卡摇着摇篮里睡着的小娃娃。她哼着歌，声音低得难以听见：

睡吧，好好儿睡，

听我给你唱支歌……

神像前点着盏绿色的长明灯。房间里从一个角落到另一个角落挂着一根绳子，绳子上晾着尿布和一条黑色的大人裤子。长明灯的灯光在天花板上投下一大块绿色的斑点，尿布和裤子长长的影子落在了炉子上、摇篮上和瓦里卡的身上。长明灯的灯光一旦摇曳起来，那绿色的斑点和影子便活起来，像是被风吹动起来。房间里很闷。散发着菜汤和皮靴皮革的气息。

小娃娃在哭。他已哭得声音嘶哑，精疲力竭了，可还一个劲儿哭着，哭着，不知道什么时候才停下来。可瓦里卡瞌睡极了。眼皮粘在一起，脑袋耷拉下来，脖子酸痛。她连眼皮、嘴唇都不能动一下，看起来她的脸蛋像是干瘪了，麻木了，脑袋成了针尖那么小小的一点儿大了。

"睡吧……睡吧，"她口齿不清地哼着，"我这就给你煮粥去……"

炉子上蟋蟀在叫。门外，隔壁房间里传来东家和帮工阿法纳西的呼噜声……摇篮发出叽叽嘎嘎悲凉的声音，此外还有瓦里卡自己的嘟哝声——所有这一切汇成了一首夜间的催眠曲，躺在床上的人听来该有多甜美。可这乐曲让瓦里卡越听越心烦，越听越心焦，声声都在催她入眠，可她就是不能睡。要是瓦里卡不小心睡过去，天知道，东家就要揍她一顿了。

长明灯光摇曳起来。绿色的斑点和影子跟着晃动，在瓦里卡半开半闭、凝然不动的眼睛上摇晃，在她那半睡不醒的脑袋里化成了一堆朦胧的幻影。她看见天空上乌云在追逐奔跑，像孩子那样，吆喝着。这不，起风了，云团消散。瓦里卡眼前出现了一条布满稀泥的宽阔公路。路上大车一辆接一辆驶过去，行人背着行囊，前前后后拖着长长的阴影，透过路两旁寒冷而阴沉的迷雾，森林隐约可见。突然，背着行囊的行人和影子纷纷倒进路上的稀泥之中。"怎么回事？"瓦里卡问。"该睡了，该睡了！"有人回答她说。于是他们都纷纷睡过去，睡得好不香甜。公路的电线上停着乌鸦和喜鹊，就像娃娃，叽叽喳喳，嚷个不停，生着法子要吵醒她。

"睡吧,好好睡,我给你唱支歌……"瓦里卡嘟哝着,发觉自己已身在黑洞洞、闷热的小木屋里。

她那已不在人世的爹叶菲姆·斯捷潘诺夫躺在地板上打滚。她见不到他这个人,却听到他躺在地板上痛得翻来滚去,声声呻吟。据他说,他这是"疝气发作",痛得话也说不出来,只有吸气的份儿,牙齿打战,发出打鼓似的声响:

"卜……卜……卜……卜……"

娘佩拉盖娅跑到庄院去向老爷报告说叶菲姆快要死了。她离家很久了,该回来了。瓦里卡躺在炕炉上没有睡,听着爹发出的"卜卜"声。终于听到有人向木屋走来。是老爷打发年轻的大夫来看到底是怎么回事,这大夫刚从城里来老爷家做客。大夫进了房子,黑暗中见不到他的人影,但听得见他在清嗓子,咔嗒一声推开了门。

"把灯点上。"他说。

"卜,卜……"叶菲姆就这样回答他。

佩拉盖娅直奔炉炕,摸索起放火柴的罐子。片刻间一片沉寂。大夫在口袋里摸索了一阵,划上了火柴。

"我去去就回,去去就回,老爷。"佩拉盖娅说罢跑出木屋,很快拿着蜡烛头回来了。

叶菲姆的脸颊通红,眼睛闪闪发亮,目光异常锐利,像是一眼就看透木屋和大夫似的。

"我说,你倒是怎么了?想干什么?"大夫向叶菲姆弯下身,问,"嘿,这模样多久了?"

"啥？没命了，是时候了。再也不能活在世上了……"

"别胡说八道……我们会治好你的！"

"随您的便，先生，多谢您了。我心里明白……死神来了，还能怎么办？"

大夫给叶菲姆治了一刻钟后，起身说：

"我束手无策……得送你上医院，做手术。马上得送……立马走！快来不及了，医院的人都睡了。不过不要紧，我给你写个条子。听到了？"

"老天爷？他怎么个送呢？"佩拉盖娅说，"我家没马。"

"没事，我跟老爷说一声，他们会给马的。"

大夫走了，蜡烛即刻灭了。又响起"卜，卜"声……过了半小时，有人赶着马来了。是老爷派人送车来了。叶菲姆动身上医院。

大清早天气晴朗。佩拉盖娅不在家，她到医院去打听叶菲姆的病情。什么地方有个孩子在哭哭啼啼，瓦里卡听到有人用她的声音在唱：

睡吧，我给你唱支歌……

佩拉盖娅回来了，划着十字，低声说：

"给他治了一整夜，早上灵魂交还给了上帝……愿他上天国，永远安息……他们说送得太迟了……该早些……"

瓦里卡跑到林子里，哭了一阵，突然有人敲了一下她的后脑勺，敲得很重，敲得她一头撞到桦树干上。她抬头一看，面前站着那鞋匠东家。

"你这是干吗，贱货？"他说，"孩子在哭，你倒在睡大觉？"

东家狠狠揪她的耳朵，她甩了甩脑袋。摇起了摇篮，嘟嘟哝哝哼起了歌……绿色斑点和尿布及裤子的影子晃动起来，直对她眨眼睛，很快又占据了她的脑子。她再次看到了沾满稀泥的公路。背负行囊的行人和影子纷纷倒下去，睡了过去，睡得很熟。怪的是，瓦里卡一见到他们，就非常想睡。要是能美美睡上一觉多好呀，可是娘佩拉盖娅就走在她身边，催着她快走。两个人正匆匆往城里去找活儿干。

"看在基督的分上，行行好吧，"娘向迎面来的行人要起了钱，"好心的先生，发发慈悲吧！"

"把孩子抱到这儿来！"她听到一个熟悉的声音，说，"把孩子抱过来，"那声音又说了一遍，说得怒气冲冲，怪刺耳的，"你在睡，贱货？"

瓦里卡跳了起来，回头一看，知道是怎么回事。公路、娘、迎面过来的行人都不见了。房间中央站着的只有女东家一人。她是来给孩子喂奶的。宽肩肥胖的女东家给孩子喂奶、哄孩子的时候，瓦里卡站着，眼望着她，等着她喂完奶。窗外的天空在渐渐变蓝，天花板上的绿斑点和影子明显地淡下去了。天很快就要亮了。

"抱着，"女东家扣好胸前的纽扣，说，"他哭个不停，准是遭人毒眼了。"

瓦里卡接过孩子，放进摇篮，又摇了起来。绿色斑点和尿布及裤子的影子渐渐不见了，她的脑子里再也容不得什么人进来，害得她昏昏沉沉的了。但还是十分想睡，瞌睡极了！瓦里卡把脑袋搁在摇篮的边上，凭着整个身子摇晃摇篮，免得睡过去，但眼皮子硬是粘在一起，脑袋沉甸甸的。

"瓦里卡，生炉子！"门外东家在喊。

原来该是起床开始干活的时候了。瓦里卡丢下摇篮，跑到柴房里去取柴火。她挺愿意干活。跑着走着就不会像坐着不动那么想睡觉了。她搬来了柴火，生好了炉子，只觉得那麻木的脸舒展开来，脑子也清醒起来了。

"瓦里卡，烧茶炊！"女东家喊道。

瓦里卡劈好一段小劈柴，刚点上火，塞进茶炊，又听到新的命令：

"瓦里卡，给东家刷雨鞋！"

她坐到地板上刷起了雨鞋，心想：要是把脑袋塞进这双又大又深的鞋子里，打个盹儿，那该多美……不料鞋子忽然变高了，膨胀起来，塞满了整个房间。瓦里卡丢下刷子，但很快便晃了晃脑袋，瞪大眼珠子，竭力想看看，房内的东西是不是也变大了，是不是也在眼前动起来。

"瓦里卡，把外面的台阶洗刷洗刷，这样才对得起顾客！"

瓦里卡洗台阶，收拾房间，然后烧好另一只炉子，再跑到小铺子买东西。活儿不少，没一分钟空闲的时间。

但是没什么比站在厨房的桌子前削土豆更累的活儿。头弯下桌子，土豆在眼前跳动，搞得人眼花缭乱，刀从手里滑下，肥胖的女东家卷起袖子，怒气冲冲在身边来回走动，大声说话，震得耳朵嗡嗡响。她得伺候他们吃午饭，饭后还得洗洗刷刷，缝缝补补，这也挺累人的。有时候她真想万事不管，在地板上那么一躺，睡它一觉。

白天过去了。瓦里卡眼看着窗外天色慢慢变暗，她按住麻木的太阳穴，不觉笑了起来。她不知道自己为什么会笑。夜色抚慰她那总也睁不开的眼睛，预示着她很快就能美美地睡上一觉了。晚上总有客人来拜访东家。

"瓦里卡，烧茶炊！"女东家下令道。

东家的茶炊很小，得烧五次左右茶炊才能满足需要。瓦里卡得一动不动站着伺候客人，睁大眼睛等着种种吩咐。

"瓦里卡，快去买三瓶啤酒！"

她转身拔腿就跑，尽量跑得快些，好赶走睡意。

"瓦里卡，买白酒去！瓦里卡，开瓶塞的钻子在哪儿？瓦里卡，去把青鱼收拾好！"

客人终于走了。灯都灭了，东家夫妇都睡了。

"瓦里卡，去摇摇孩子！"传来了最后一道命令。

炉炕上响起蟋蟀的鸣叫声。天花板上的绿色斑点和地上尿布与裤子的影子又进了瓦里卡那半闭半开的眼睛，不停地朝她眨巴眼睛，害得她又头脑昏昏沉沉起来。

"睡吧，好好睡吧，"瓦里卡嘟嘟哝哝道，"我给你唱支歌儿……"

可小娃娃哭哭啼啼,哭得声嘶力竭。瓦里卡又看见那条满是稀泥的公路、背着行囊的行人、佩拉盖娅和爹叶菲姆。她只觉得纳闷,这些人她全都认识,但睡眼蒙眬中,究竟是什么力量把她的手脚捆起来,压得她喘不过气来,不让她活下去。她回头寻找这力量,自己好摆脱出来,但就是找不到。最后,她在极度痛苦中,费了最大的劲儿睁大眼睛,抬头打量天花板上那在不停眨巴眼睛的绿斑点,听着娃娃的哭声,终于找到了让她不得安生的敌人。

这敌人就是娃娃。

她笑了。她觉得好生奇怪,这点儿小事,之前怎么就没注意到呢?绿斑点、尿布和裤子的影子,还有蟋蟀,看来也都在笑,都显出纳闷的神情来。

瓦里卡被这虚假的想象所控制。她从矮凳上站了起来,开怀一笑,眼睛也不眨巴,便在房间里走来走去。一想到即刻就要摆脱这捆绑她手脚的娃娃,顿时心花怒放起来,心头痒痒的……弄死这娃娃,然后睡觉,睡觉,睡觉……

瓦里卡面带笑容,眨巴着眼睛,伸出手指对绿斑点和影子做出了吓唬的手势,然后来到摇篮前,对娃娃弯下身子。掐死娃娃后,她很快往地板上一躺,开心地笑了起来,现在可以睡了。片刻后她已睡得死死的……

1888 年

阅读心得

瓦里卡是一个被压迫、被剥削的十三岁的女佣,她每天的劳动已经远远超过了她的年龄和体力能够承担的量。为了照顾东家的孩子,她几乎整夜没有觉睡,长时间的过度劳动已经让她的身体承受不了,她甚至开始出现幻想。最后,不堪重负的瓦里卡掐死了主人家的婴儿,这一情节让故事的悲剧色彩更加浓厚。

我们可以看到这种极端结局背后的导火索——无尽的剥削让劳苦大众只能用"同归于尽"的方式求得解脱,同时也提醒着当时的俄国贵族们,可悲的等级制度会让受压迫的农民奋起反抗,而这种残忍的结局正是他们一手造成的!

写作借鉴

本篇小说的细节描写令人印象深刻,瓦里卡的困是作者要极力描写的内容,因为故事的一切都源于她的困。

作者通过动作描写——如瓦里卡照顾婴儿的疲乏和按太阳穴的动作等,心理描写——如瓦里卡出现幻觉后内心的想法和所见到的事物,语言描写等各种手段来展现瓦里卡的"困",而一切的描写都在为最后一个情节做准备。细节描写的准确运用让一切都显得顺理成章,也让读者对最后的结局感到恐怖的同时仍然深深地同情着瓦里卡。

六号病房

名师导读 . . . .

　　为了积累写作材料，深刻地了解俄国当局现状，契诃夫曾经去过库页岛，那里是沙皇俄国的监狱，关着无数犯人和农奴。可是，被关押者真的有罪吗？统治者独裁专制，不问青红皂白是不是也是一种罪呢？这种想法在契诃夫脑中挥之不去，于是他创作了这篇小说。

一

　　医院的后院有一座不大的厢房，四周长着密密麻麻的牛蒡、荨麻和野生的大麻。房子的铁皮屋顶已经锈迹斑斑，烟囱塌了半截，门前的台阶已经腐朽，长出草来，墙上的灰浆剥落，只留下斑驳的残迹。厢房的正面对着医院，后面是田野。一道戳着钉子的灰色围墙把厢房和田野隔开。这些尖头上翘的钉子、围墙和厢房本身，无不给人一种独特的死气沉沉，千人怨万人咒的感觉，这样的外观只有我们的医院和监狱才有。

　　如果你不怕被荨麻刺痛，那就沿着一条通向厢房的狭狭的小道过去，眼前就会呈现这样一幅情景：打开第一道门，来到了外室，这里的墙下和炉子旁一堆堆医院里的破烂狼藉。床垫、破旧的病人服、裤子、蓝白条纹的衬衫和一无用处的破鞋——所有这些皱皱巴巴的破烂混杂在一起，狼藉一地，正在霉烂，散发出一股令人窒息的气息。

看守人尼基塔，嘴里衔着烟斗，老是躺在这堆乌七八糟的废物上。他是个退伍老兵，那身旧军服上的红领章早已褪色。他的表情严厉，脸色憔悴，两道下垂的眉毛给他的脸平添一副草原牧羊犬的神气，鼻子通红，身材不高，看上去瘦骨伶仃，青筋嶙嶙，可是神态威严，拳头粗大。他属于那种头脑简单、唯命是从、忠于职守、愚钝固执的人，这种人最喜欢秩序，把它看得高于一切，因而深信：他们就得挨打。他打他们的脸、胸、背，不问什么地方，打了就算，相信不这样这里就会闹翻天。

再往里走，便进入一间宽敞的大房间，除去外室，整个空间全被它占了。这里的墙壁涂成污浊的蓝色，天花板熏得黑乎乎的，跟不装烟囱的农舍差不多。显而易见，到了冬天，里面的炉子日夜冒烟，煤气浓重。窗子的里边装着铁栅栏，面目丑陋。地板灰暗，粗糙。满屋子的酸白菜味、灯芯的焦煳味、臭虫和氨水味，这股浑浊的气味给人最初的印象是，仿佛进入了畜栏。

房间里摆着几张床，床脚钉死在地板上。在床上坐着、躺着的人都穿着蓝色病人服，戴着旧式尖顶帽。他们都是疯子。

里面一共五个人。只有一人贵族出身，其余的全是小市民。靠近房门睡的是个又高又瘦的小市民，褐色的小胡子亮闪闪的，泪眼模糊，托着头坐着，眼睛死死地盯在一个地方。

他日日夜夜摇头晃脑，唉声叹气，一脸苦笑，满腹愁肠。他很少参与别人的谈话，问他什么，也很少搭腔。给他吃的、喝的，他就机械地吃下去，喝下去。从他那声声剧烈而痛苦的咳嗽、骨瘦如柴的模样和脸颊上的潮红可以推断，他是个患肺痨病的人。

　　第二位是个身材矮小、活跃而手脚不得闲的老头子，留一把尖尖的小胡子，一头乌黑的鬈发，黑人似的。白天他在病室的两扇窗子间不停地踱来踱去，或者像土耳其人那样盘腿坐在自己床上，像灰雀那样，不停地吹着口哨，或小声唱歌，嘿嘿地笑。他的这种孩子气的乐趣和活泼的性格，即使在夜里也有所表现：他常常爬起来向上帝祷告，也就是双拳捶胸，手指头抠抠门缝。他就是犹太人莫谢伊卡，大约二十年前他因为帽子作坊起火烧毁而神经错乱，成了疯子。

　　六号病房的全体病人中，只有莫谢伊卡一人被允许外出，甚至可以离开医院上街去。他很久以来就享受着这一特权，大概因为他是医院的老病号，又是个不伤人的文疯子，再者他已成了城里供人逗乐的角色。只要他出现在街上，立即被一群孩子和狗围住，人们对此情景早已习以为常了。他穿着难看的病人服，戴着滑稽的尖顶帽，穿着拖鞋，有时光着脚，甚至不穿长裤，在街上来来去去，在民宅和商店的门口站住，讨个小钱。有的给他克瓦斯，有的给点儿面包，还有人给个一戈比硬币，所以他回来时通常已吃饱喝足，还发了点儿小财。他带回来的东西统统让尼基塔收了去归自己享用。这个老兵做起这种事来从不手软。他粗鲁地、气急败坏地把他的口袋翻了个底儿朝天，还呼唤上帝来作证，说他今后绝不再放犹太人上街，说他在这个世界上最恨的是不安分的行为。

莫谢伊卡喜欢帮助人。他给同伴端水，在他们睡着的时候给他们盖好被子，答应下次从街上回来送每人一个戈比，并且给每人缝一顶新帽子。他还用勺子给睡在他左边的一个瘫痪病人喂饭。他这样做既不是出于怜悯，也不是出于什么人道方面的考虑，他只是无形中受了右边的格罗莫夫的影响，模仿他这么干的。

伊凡·德米特里·格罗莫夫是个三十三岁的男子，贵族出身，担任过法院民事执行员，属十二品文官，患有被害妄想症。他要么缩成一团躺在床上，要么在室内不停地走来走去，像在活动筋骨，很少坐着。他老觉得会受到一种莫名其妙的恐惧，始终处于一种亢奋、焦躁、紧张之中。只要外屋里稍有风吹草动，或者院子里有人叫一声，他便立即抬起头，细听起来：莫非是有人来找他？把他抓走？这时他的脸上就露出极度惊慌和厌恶的神色。

我喜欢他那张颧骨突出的方脸盘，这张苍白、忧郁的脸，像一面镜子反映出他那颗饱受惊吓和苦苦挣扎的心灵。他的脸容奇特、病态，然而他的面容则刻下深切而真诚的痛苦，显出理智和知识分子所特有的文化素养，他的眼睛闪出温暖而健康的光芒。我也喜欢他本人，彬彬有礼，乐于助人，除了尼基塔，他对所有的人都异常客气。谁要是掉了扣子或者茶匙,他总是赶紧从床上跳下来,拾了起来。每天早晨他都要跟同伴们道早安,睡觉前祝他们晚安。

除了始终紧张的心态和病态的脸相外,他的疯症还有这样的表现:有时在傍晚,他裹紧病人服,浑身发抖,牙齿打战,开始在墙角之间、病床之间急速地来回穿梭,像是他正害着严重的寒热病。有时他突然站住,眼望自己的病友,看来他有十分重要的话要说,可是他又显然以为他们不会听他讲话,或者他们理解不了他的话语,于是他便不耐烦地摇着头,继续走来走去。可是不久想说话的欲望占了上风,便无所顾忌,尽情狂烈而激烈地说起来。他的话语无伦次,像是梦呓,有时断断续续,模糊不清,然而在他的言谈中,在他的声调中,有一种异常美好的东西。听他说话,你会觉得他既是疯子又是正常人。他的疯话是难以用文字表达出来的。他谈到人的卑鄙,谈到践踏真理的暴力,谈到人间未来的美好生活,谈到这些铁窗总使他想到强权者的愚蠢和凶残。结果他的话就成了一支杂乱无章的混成曲,尽管是老调重弹,然而却远没有唱完。

二

大约十二年或十五年前,文官格罗莫夫住在城里一条最主要的大街上。他拥有私宅,既有地位,家道也殷实。他有两个儿子:谢尔盖和伊凡。谢尔盖在大学四年级时得了急性肺结核,死了。从此一连串灾难便接踵而来。安葬了谢尔盖，一周后，年老的父亲因为伪造单据、盗用公款被起诉，不久因伤寒病死在监狱医院里。房子和全部动产被拍卖，伊凡·德米特里和他的母亲落到了两手空空的惨境。

父亲在世的时候，伊凡·德米特里住在彼得堡，在大学读书，每月能收到六七十个卢布，从不知穷滋味，他的生活发生剧变后，他只好从早到晚去给人授课，收入低微。他也做抄写工作，却仍旧忍饥挨饿，因为他把全部收入都寄给母亲维持生计了。伊凡·德米特里忍受不了这种生活。他垂头丧气，变得虚弱不堪，不久就放弃学业，回到家乡。在这里，在这座小城里，他多方托人，好不容易谋得了县立学校的一份教职，但因跟同事相处不好，不受学生欢迎，很快就辞职不干了。接着是母亲去世，他失业在家有半年之久，只靠面包和水度日，后来当上了法院的民事执行员。他一直担任这个职务，最后因病被解职。

他给人的印象始终是个疾病在身的人，即使在青春年少的大学期间也是如此。他一向脸色苍白，身体消瘦，感冒不断，吃得少，睡不好。只要一杯红葡萄酒就能弄得他头昏脑涨，歇斯底里发作。他想跟人们交往，但由于生性急躁、多疑，与人合不来，缺朋少友。他向来瞧不起城里人，总说他们粗鲁无知，过的是浑浑噩噩的禽兽般的生活，是他所深恶痛绝的。他说起话来用的是男高音，响亮而激烈，怒气冲冲，愤世嫉俗，要么兴奋欲狂，惊讶异常，但无不一片真诚。不论跟他谈什么，他总是归结到一点：这个城市的生活沉闷、无聊，交往的人中没一个有高尚的情趣，结果害得生活死气沉沉、毫无意义，充斥着形形色色的暴力、愚昧、腐化和伪善。卑鄙之辈锦衣玉食，正直的人忍饥挨饿；社会需要学校、主持正义的报纸、剧院、大众读物和知识界的团结；必须让这个社会认清自己，为此而感到震惊。他评论人时总加上浓重的色调，非黑即白，不承认有其他的色彩。他把人分成卑鄙小人和正人君子两类，中间的人是没有的。关于女人和爱情他总是津津乐道，满腔热情，但他一次恋爱也没有。

尽管他言辞尖刻、神经过敏，城里人都喜欢他，背地里都亲切地叫他万尼亚（伊凡的昵称）。他和蔼可亲、乐于助人的天性，正派纯洁的道德，就连他那件破旧的常礼服、病态的外貌、家庭的不幸，无不唤起人们心中美好、温馨而忧伤的情感。此外他受过良好的教育，博览群书，用城里人的话说，他不啻是这个城市里的一部活字典。

他读过很多书。他常常坐在俱乐部里，神经质地捻着小胡子，翻阅杂志和书籍。看他的脸色可以知道，他不是在阅读，简直在狼吞虎咽，根本来不及细嚼慢咽就吞下去。应当认为，阅读是他的病态习惯之一，因为不管他抓到什么，哪怕是去年的报纸和日历，他都急不可耐地读下去。他在家里总是躺着看书。

三

一个秋天的早晨，伊凡·德米特里高高翻起大衣领子，在泥泞中啪嗒啪嗒地走着，穿过小巷和一些偏僻的地方，费力地去找一个小市民的家，凭执行票向他收款。每天早晨，他的情绪照例不高。在一条巷子里他遇到四个荷枪实弹的士兵押送两名戴着手铐的犯人。过去伊凡·德米特里经常遇见犯人，每一次他们都引起他的怜悯和不安，可是这一次相遇却给他留下一个异样的、奇怪的印象。不知为什么他突然觉得，他也可能被铐上手铐，也同样由人押着，走在泥泞里，被投入监狱。他在那小市民家待了一会儿后回家。在邮局附近他遇见一个认识的警官，对方跟他打了招呼，还和他一道走了几步，不知为什么他又觉得这很可疑。回到家里，那两个犯人和荷枪士兵的形象一整天一直在他脑子里挥之不去，内心一种莫名的惶恐不安害得他书报读不下去，注意力集中不起来。晚上他在屋里没有点灯，夜里也不睡觉，老想着他可能被捕、戴上手铐，关进监狱。他知道自己从没犯过什么罪，可以担保今后也绝不会去干杀人放火和偷鸡摸狗的勾当。可是，无意中偶然犯下罪行难道难吗？难道不会遭人诬陷吗？最后，难道法院不可能出错吗？难怪千百年来人们的经验告诫我们：谁也不能保证不落到讨饭和坐牢的境地（俄国谚语）。现行的诉讼程序下，法院的错判是完全免不了的，不足为奇。那些对别人的痛苦有着职务或事务关系的人，如法官、警察和医生，久而久之，出于习惯势力，会变得麻木不仁，以致对他们的当事人即使不愿意也可能采取敷衍了事的态度。从这方面讲，他们同在后院里杀羊宰牛而对鲜血视而不见的粗汉子没有丝毫区别。在对人采取这种敷衍塞责、冷酷无情态度的情况下，为了剥夺一个无辜的人的一切公民权利并判他服苦役，法官只需一件东西：时间。只要有时间去完成某些法律程序，就大功告成——法官就是凭这个领取薪水的。看你在这个离铁道二百俄里的肮脏小城怎么为自己寻找公正和保护吧！再说，既然社会把任何暴力视作明智、正当而必要之举，而一切仁慈的举措，如宣告无罪的判决，却引起众怒和大规模的报复情绪，在这种情况下，侈谈公正，岂不可笑？

第二天早晨，伊凡·德米特里提心吊胆地起了床，额头上冒出冷汗。他完全相信，他每时每刻都可能被捕。他心想，既然头天那些沉重的思想久久缠着他不放，可见这些想法不无道理。事实上，这些想法早已在他的脑子里无端形成了。

窗外不慌不忙走过一个警察：这不无用意。瞧，有两个人站在房子附近，也不说话。他俩为什么不说话？

从此，伊凡·德米特里日日夜夜受尽煎熬。所有路过窗外的人和走进院子的人都像是奸细和暗探。中午，县警察局长通常坐着双套马车从街上经过，他这是从城郊的庄园去警察局上班。可是伊凡·德米特里每一次都觉得：马车跑得太快，他的神色异样，显然他急着跑去报告：城里出现一个十分重要的犯人。每逢有人拉铃或者敲门，伊凡·德米特里就吓了一跳，如果在女房东家里遇到生人，他就惶惶不可终日。

遇见警察和宪兵时他露出笑脸，还吹着口哨，装出若无其事的样子。他一连几夜睡不着觉，等着被捕，可是又故意大声打鼾，像睡着的人那样连连喘气，好让女房东觉得他睡着了。不是吗，如果夜不能寐，那就意味着他受到良心的谴责，痛苦不堪——这岂不是一大罪证！事实和常理使他相信，所有这些恐惧都荒诞不经，无非是变态心理，另外，如果把事情看得开一些，即使被捕坐牢其实也没有什么可怕——只要问心无愧就行了。但他的思考越是理智，越是合乎常理，他内心的惶恐不安就越强烈，越折磨人。这就像一个隐士本想在处女林里开出一小块儿安生之地，他的斧子砍得越起劲，林子却长得越来越茂盛一样。伊凡·德米特里最终意识到，这也无济于事，于是索性不再思考，完全听凭绝望与恐惧摆布了。

他开始离群索居，避开人们。他对现有的职务原已非常讨厌，现在更是忍无可忍。他生怕有人背后整他，偷偷往他的口袋里塞进贿赂，然后去告发他。或者他自己无意中在公文上出点儿差错——这无异于伪造文书，或者他丢失了别人的钱。奇怪的是他以前的思想从来没有像现在这样活跃过敏，现在他每天都能想出成千上万条各种各样的理由，说明应当认真为自己的自由和名誉担忧。正因为如此，他对外界，特别是对书籍的兴趣便明显地减弱，也大大影响了他的记忆力。

春天到了，雪化了，在公墓附近的一条冲沟里发现两具部分腐烂的尸体。这是一个老妇人和小男孩，带有暴力致死的迹象。于是城里人议论纷纷，无不谈论这两具尸体和未知的凶手。伊凡·德米特里害怕别人以为这是他杀死的，便在大街小巷走来走去，面带微笑。可是遇见熟人时，他的脸色红一阵，白一阵，一再声明，没有比杀害弱小的、无力自卫的人更卑鄙的罪行了。可是这种此地无银三百两的表现很快就使他厌倦，他略加思索后认定，处在他的地位，最好的办法就是躲进女房东的地窖里去。他在地窖里坐了一整天，之后又坐了一夜一天。他冻得厉害，等到天黑，便偷偷地像贼一样溜进自己的房间里。天亮之前，他一直站在房间中央，身子一动不动，留心听着外面的动静。清晨，太阳还没有出来，就有几个修炉匠来找女房东。伊凡·德米特里清楚地知道，他们是来翻修厨房里的炉灶的，然而恐惧提醒他，这些人是打扮成修炉匠的警察。于是他悄悄地溜出住宅，没戴帽子，没穿上衣，惊骇万状地顺着大街跑去。几条狗汪汪叫着追他，有个汉子在后面不住地喊叫，风在他耳边呼啸，伊凡·德米特里便觉得全世界的暴力都聚集在他的背后，现在要来抓住他。

有人把他拦住，送回住处，打发女房东去请医生。医生安德烈·叶菲梅奇（这人以后还要提起）开了药，要在他头上放冰袋和桂樱叶滴剂（一种镇静剂），愁眉苦脸地直摇头。临走前他对女房东说，以后他不会再来了，因为人家要发疯，他没权利阻止。由于伊凡·德米特里在家里无法生活和治疗，只好把他送进医院，被安置在性病病房里。他夜里不睡觉，发脾气，搅得病人鸡犬不宁，不久安德烈·叶菲梅奇便下令把他转到了六号病房。

一年后，城里人已经完全忘了伊凡·德米特里，他的书让女房东胡乱堆在屋檐下的雪橇里，被孩子们拿了个精光。

四

待在伊凡·德米特里左边的，我已经说过，是犹太人莫谢伊卡，右边的是个庄稼汉，一身肥肉、浑身滚圆，痴呆的脸上毫无表情。他无疑是个不爱动弹、贪吃而肮脏的畜生，早已丧失了思想和感觉的机能。从他身上不断冒出一股浓重的令人窒息的臭气。

尼基塔给他收拾床铺的时候，总是狠狠打他，抡起胳膊，一点儿也不顾惜拳头。这时候，可怕的不是他挨了打——这是可以习以为常的——可怕的是这个迟钝的畜生挨了打却毫无反应：一声不吭，毫不动弹，连眼睛都不眨巴，只是身子稍稍晃一晃，像个沉重的大木桶。

六号病房的第五个，也就是最后一个病人是个小市民，原先是邮局的拣信员。他是个瘦小的金发男子，一张和善的面孔上带点儿狡猾的神色。看他那双聪明、安详的眼睛以及明亮而快活的目光可以推断，他挺有心计，心里藏着极重要、极愉快的秘密。他在枕头底下，床垫底下藏着什么东西，总不肯拿出来示人，倒不是怕被人抢去，偷去，而是有点儿不好意思。有时他走到窗前，背对着室友，在胸前佩戴上什么东西，还低下头看了又看。如果这时有人走到他跟前，他就窘得不行，立即把胸前的东西扯下来。不过他那点儿秘密是不难猜出的。

"您得向我祝贺，"他常常对伊凡·德米特里说，"上司为我呈请授予二级圣斯坦尼斯拉夫星章。二级星章向来只颁发给外国人，可是不知为什么他们破例给了我，"他笑嘻嘻地说，还大惑不解地耸耸肩膀，"嘿，说实在的，我还真没有料到！"

"您这话我丝毫不明白。"伊凡·德米特里阴沉地声称。

"您可知道我迟早会得到什么吗？"前邮局分拣员狡黠地眯着眼睛接着说，"我一定能得到一枚瑞典的'北极星'。这种勋章是值得费心张罗的。白十字架和黑丝带。可漂亮了。"

这所厢房里那样单调的生活是任何别的地方无可比拟的。每天早晨，除了瘫痪病人和胖庄稼汉以外，所有的人都在外室里的一只双耳木桶里洗脸，用病人服的下摆擦干。这之后他们用锡杯子喝茶，茶是由尼基塔从主楼里取来的。每人只能喝一杯。中午他们喝酸白菜汤和粥，晚上吃中午的剩粥。其余的时间，他们躺下，睡觉，眼望窗子，在房间里走来走去。天天如此。连前邮局拣信员说的也还是那几种勋章。

六号病房很少见到新人。医生早就不接收新的疯病人了，而涉足疯人院的人在这个世界上并不多见。理发师谢苗·拉扎里奇隔两个月来这里一次。他怎么给疯子们理发，尼基塔怎么帮他的忙，每当这个醉醺醺、笑呵呵的理发师出现时，病人们怎样乱作一团——这些我们就不细说了。

除了理发师，谁也不光顾这里。病人们注定一天到晚只能见到尼基塔一个人。

可是不久前在医院的主楼里流传着一个相当奇怪的消息。传说好像医生要去六号病房了。

五

稀奇的传言！

医生安德烈·叶菲梅奇·拉金，从某一点上说是个与众不同的人。据说他年轻时笃信上帝，准备日后担任神职。一八六三年他中学毕业，本想进神学院学习，可是他的父亲，一名医学博士和外科医师，狠狠挖苦了他一顿，断然宣布，如果他去当神父，他就不认他这个儿子了。这话有几分可信度，我不知道，不过安德烈·叶菲梅奇本人不止一次承认，他对医学以及一般的专门学科向来丝毫不感兴趣。

不管怎么样，他修完了医学系的课程，并没有去当教士。看不出他如何笃信上帝，开始从医时跟现在一样，他都不像是个虔诚的教徒。

他的外貌臃肿、粗俗，像个庄稼汉。他的脸、胡子、平直的头发和结实笨拙的体态，使人想起大道旁小饭铺里那种吃喝无度、脑满肠肥、态度粗鲁的店老板。他的脸粗糙，布满细小的青筋，细眼睛，红鼻子。身高肩宽，手脚粗大，一拳打出去，似乎能使人送命。可是他迈出的是轻缓的步履，走起路来小心翼翼，蹑手蹑脚。在狭窄的过道里遇见人时，他总是先停下来让路,说一声:"对不起!"想不到他说起话来不是男低音,而是嗓子尖细、音色柔和的男高音。他的脖子上有个不大的瘤子,妨碍他穿浆过的硬领衣服,所以他总是穿柔软的亚麻布或棉布衬衫。一般说来,他的穿着不像一名医生。一身衣服他一穿就是十年,新衣服他总是在犹太人的铺子里买,穿到身上显得又旧又皱。同一件常礼服,他看病时穿,吃饭时穿,出门做客也穿。不过他这样做不是出于吝啬,而是他完全不把穿戴放在心上。

安德烈·叶菲梅奇来到这个城市就职的时候,这个"慈善机构"的情况简直糟透了。病房里,过道上,医院的院子里,臭气冲天,叫人透不过气来。医院的勤杂工、助理护士和他们的孩子们都跟病人一起住在病室里。蟑螂、臭虫和老鼠搅得大家怨声载道,不得安生。在外科,丹毒从来没有绝迹过,整个医院只有两把手术刀,体温计一个也没有,浴室里堆放着土豆,总务长,女管理员和医士勒索病人钱财。据说安德烈·叶菲梅奇的前任老医生把医院里的酒精偷偷拿出去卖,他还与护士和女病人有私情。所有这些乌七八糟的事城里尽人皆知,甚至添油加醋,然而人们置若罔然。有些人辩解说什么住医院的都是小市民和农民,这种人对此已求之不得,因为他们家里的生活比医院里还要糟得多,总不能供他们吃松鸡吧!另一些人则辩解说,没有地方自治局的资助,光靠本城的财力像样的医院是难以办到的。谢天谢地,医院虽糟,总算有一座。而成立不久的地方自治局不论在城里还是城郊都不开设诊疗所,理由是城里已经有医院了。

细看一番医院后,安德烈·叶菲梅奇得出结论,这个机构道德极坏,对病人的健康极为有害。照他看来,最明智的可行办法就是把所有的病人放回家,这所医院关门大吉。但他考虑到,光凭他个人的权限很难做到这一点,况且这也无济于事。即使把肉体上的和精神上有污秽的人从一个地方驱逐出去,那他们就会转移到另一个地方。应当等待他们自消自灭。再说,人们既然开办医院,而且容忍它的存在,可见人们是需要医院的。种种偏见和所有这些日常生活中的卑鄙龌龊的丑事也是需要的,因为久而久之它们会转化为有用之物,畜粪不是可以变成黑土吗?这个世界上所有好东西在它开始的时候无不带有丑恶的成分。

上任之后,安德烈·叶菲梅奇对待医院里的混乱现象采取了听之任之的态度。他只要求医院的勤杂工和护士不再在病室里过夜,添置了两柜子医疗器械,至于总务长、女管理员、医士和外科的丹毒,仍然故我。

安德烈·叶菲梅奇极其喜爱智慧和正直,然而要在自己身边建立明智和正直的生活,他却缺乏这方面坚强的意志,缺乏这方面的信心。下命令,禁止,坚持己见,这些他是完全做不到的。看来他似乎发过誓,永远不提高嗓门,永远不用命令式。"给我这个"或者"把那东西拿来"这样一些话他很难说出口。他饿了,总是犹豫不决地咳几声,对厨娘说"能不能给我一杯茶"或者"能不能给我弄点儿吃的"。至于对总务长说不准他偷盗,或者把他赶走,或者干脆废除这个多余的寄生虫的职位——这些他完全是无能为力的。每当有人欺骗安德烈·叶菲梅奇,或者奉迎他,或者拿来一份明明是造假的账单要他签字,他总是窘得满脸通红,尽管他感到心中有愧,但还是在账单上签了字。遇到病人向他诉苦说吃不饱,或者抱怨护士态度粗暴,他就发慌,负疚般嘟哝说:

"好,好,过后我调查一下……也许,这只是场误会……"

起先安德烈·叶菲梅奇十分勤奋。每天从早晨起他就给病人看病,做手术,有时甚至接生,一直忙到吃午饭。女病人都说他细心,诊断准确,特别是儿科疾病和妇女病。可是时间一长,他因为工作的单调、徒劳无益,显然感到厌烦了。今天接诊三十个病人,到明天一看,增加到三十五人,后天便是四十了,就这样看病,看病,日复一日,年复一年,城市的死亡率却没有下降,病人照样不断涌来。一个上午,要对四十名就诊病人真正有所帮助,这在体力上是办不到的,所以尽管不愿意,结果只能是敷衍对付过去。一个年度接诊一万两千名病人,简单计算一下,那就是一万两千名病人受到了欺骗。至于让重病人住进病房,按科学的规章给予治疗,这同样做不到,因为规章是有,科学却没有。且不说道义上的评说,像别的医生一样死板地照章办事,那么为此首先需要洁净和通风的环境,而不是垃圾和污浊的空气;需要有益健康的食品,而不是酸臭的白菜汤;需要得力的助手,而不是窃贼。

再说,既然死亡是每个人正常合理的结局,那又何必阻止人们去死呢？如果某个商人或文官多活了五年十年，那也于事无补。如果认为医学的任务在于用药物减轻痛苦，那么不能不问：为什么要减轻痛苦？据说，首先，痛苦使人达到完美的境界；其次，如果人类当真学会了用药丸和药水减轻自己的痛苦，那么人类就会完全抛弃宗教和哲学，可是到目前为止人类在宗教和哲学中不仅找到了避免一切不幸的护身符，而且甚至找到了幸福。普希金临死前经受了可怕的折磨，可怜的海涅瘫痪卧床好几年。那么为什么某个安德烈·叶菲梅奇或者玛特廖娜·沙维什娜就不该生病呢？殊不知这些人的生活原本毫无内容，如果没有痛苦，那他们的生活就完全空无一物，不就变得像变形虫一样混日子了吗？

一想到这些，安德烈·叶菲梅奇便变得心灰意冷，从此他不再天天去医院上班了。

六

他的一天是这样度过的：通常他早晨八点左右起床，穿衣，喝茶。然后在书房里坐下看书，或者去医院上班。在医院里，门诊病人坐在狭窄昏暗的过道里等着看病。勤杂工和护士们在他们身边来回奔波，靴子在砖地上踩得咚咚响；穿着病服的瘦弱住院病人来来去去；死尸和装满污物的器具也从这里抬出去；病儿哭哭啼啼，穿堂风不断灌进来。安德烈·叶菲梅奇知道，这样的环境对发烧的、害肺痨的和本来就敏感的病人来说简直是遭罪，可是有什么法子？在诊室里，医士谢尔盖·谢尔盖伊奇正在迎候他。他身材矮小,肥胖,圆润的脸刮得很光,洗得干干净净。他态度温和,举止从容,穿一身肥大的新西装,看上去与其说像医士,不如说像枢密官。他在城里还私人行医,场面很大。他系着白领结,自认为比没有私人行医的医生更高明。诊室的墙角有一个神龛,里面放一尊很大的圣像,点一盏笨重的长明灯,旁边有个读经台,蒙着白布罩。四壁墙上挂着好几幅大主教的肖像,一张圣山修道院的风景照片和一些枯萎的矢车菊花环。谢尔盖·谢尔盖伊奇信仰上帝,喜欢神圣的仪式。圣像就是用他私人的钱设置的。每逢礼拜天,由他下命令,要某个病人在诊室里大声吟唱赞美诗,唱完之后,谢尔盖·谢尔盖伊奇便手提香炉,走遍各个病室,摇炉散香。

病人很多,而时间很少,所以他的工作只限于简短地问一两句病情,然后发点儿氨搽剂或蓖麻油之类的药。安德烈·叶菲梅奇坐在桌旁,拳头托着脸颊,若有所思,机械地提几个问题。谢尔盖·谢尔盖伊奇也坐着,搓着细手儿,偶尔插上一两句话。

"我们生病,受穷,"他常说,"那是因为我们没有好好祈祷仁慈的上帝。就这么回事!"

在门诊的时候,安德烈·叶菲梅奇不做任何手术。他早就不习惯做手术了,一见到血他就感到难受。有时他不得不扳开婴孩的嘴,察看喉咙,小孩子便哇哇地叫,挥舞小手招架,这时候他的耳朵里便嗡嗡地响,头发晕,眼睛里涌出泪水。他便匆匆开个药方，挥挥手，让女人把孩子快点儿抱走。

在门诊的时候，病人畏畏缩缩、说话没有条理，再加上打扮华丽的谢尔盖·谢尔盖伊奇，墙上的那些画，他自己二十年来对病人的一成不变的提问——这一切很快就让他感到厌倦。他看了五六个病人就走了。剩下的病人由医士来诊治。

安德烈·叶菲梅奇愉快地想到，谢天谢地，他早已不私人行医，现在再也不受人打扰了。回到家后，他立即坐到书房里看书。他书读得很多，读得兴致盎然。他的一半薪水都用来买书，六间一套的寓所有三间堆放着书和旧杂志。他最喜欢读历史和哲学方面的著作。医学方面他只订了一份《医师》杂志，而且通常是从后面读起。每一次他能不间歇地读上几个小时而乐此不疲。他不像伊凡·德米特里那样读得很快很急，他读得很慢，深入，读到凡是他喜欢的或者不懂的地方常常停下来。在书的旁边放上一小瓶伏特加，一根腌黄瓜或者一个盐渍苹果，而且直接放在呢子桌布上，不用盘子装。每隔半小时，他眼睛不离开书页，为自己斟上一杯伏特加，喝下去，然后不用眼睛看，用手摸到黄瓜，咬下一截。

三点钟，他小心翼翼地走到厨房门口，咳几声，说："达留什卡，能不能给我弄点儿吃的……"

吃了一顿相当差且不干净的午饭后，安德烈·叶菲梅奇就在各个房间里走来走去，双手交叉抱在胸前，想着什么事情。时钟敲了四下，过后五下，他还在踱步、沉思。有时厨房的门吱嘎响起来，从门里探出达留什卡那张睡意未消的红脸。

"安德烈·叶菲梅奇,您该喝啤酒了吧?"她关心地问。

"不,还不到时候……"他回答,"再等一会儿……再等一会儿……"

邮政局长米哈伊尔·阿韦良内奇通常在傍晚来访。全城与他交往的人中唯有邮政局长米哈伊尔·阿韦良内奇还没有让安德烈·叶菲梅奇感到厌烦。米哈伊尔·阿韦良内奇原先是个非常富有的地主,在骑兵团服过役,但后来破产了,迫于生计只好在年老时进了邮政局。他精力充沛,身体健壮,蓄着浓密灰白的胡子,举止彬彬有礼,嗓音洪亮,声音悦耳。他善良,重感情,但脾气暴躁。在邮局,只要有顾客表示不满,不同意某些做法,或者只是议论几句,米哈伊尔·阿韦良内奇立即脸红脖子粗,浑身哆嗦,雷鸣般吼道:"你给我闭嘴!"因此这个邮政局早已出了名,是个谁都怕进的衙门。米哈伊尔·阿韦良内奇认为安德烈·叶菲梅奇有教养,志向高尚,因而尊敬他,喜爱他。他对其余的居民则态度傲慢,像对他的下属一样。

"我来了!"他说着走进安德烈·叶菲梅奇的书房,"您好,我亲爱的朋友!恐怕我已经惹您讨厌了吧?"

"恰恰相反,我非常高兴,"医生回答他,"见到您我总是喜出望外。"

两位朋友坐在书房的长沙发上,默默地抽一阵烟。

"达留什卡,能不能给我们弄点儿啤酒来!"安德烈·叶菲梅奇说。

两人默默地喝完第一瓶啤酒。这时医生在沉思默想，米哈伊尔一副快活而兴奋的神色，好像有一件十分有趣的事要说出来。始终是医生先开口。

"真遗憾，"他轻声细语款款说了起来，摇着头，眼睛不看对方（他向来不正视别人的脸），"遗憾之极，尊敬的米哈伊尔·阿韦良内奇，我们城里，压根儿找不出一个能谈些明智而有趣的话题的人，他们没有这个能力，也不喜欢这样做。这对你我说是莫大的损失。连知识分子也不免流于庸俗，请相信，他们的智力水平，一点儿也不比下层人高。"

"完全正确。我同意。"

"您自己也知道，"医生细声说，说得抑扬顿挫，"在这个世界上，除了人类智慧最崇高的精神之外，其他的一切都微不足道，毫无意义。智慧正是区分人兽鲜明的界线，显示出人类的神圣所在，而且在某种程度上甚至能让人类不朽——尽管不朽是不存在的。由此可见，智慧是欢乐的唯一可能源泉。可是我们在周围看不到有智慧的人，听不到智慧的谈吐——可见我们没有欢乐。不错，我们有书，但是这跟活跃的交谈和积极的交往完全是两回事。如果您容我做个不完全恰当的比喻，那么我要说：书是音符，交谈才是歌。"

"完全正确。"

接着是沉默。达留什卡从厨房里出来，呆板的脸上带几分委屈，一手托着脸，在房门外站住，想听听他们讲什么。

"唉！"米哈伊尔·阿韦良内奇叹了口气，"真希望现在的人能聪明起来！"

于是他讲起过去的生活多健康，多快活，多有意思，那时俄国的知识分子多聪明，他们把名誉和友谊看得很重。他们借钱给人家不要借据，认为朋友有困难时不出手相助是可耻的。还有那时的远行、冒险、争论、友情和女人多令人向往！说到高加索，那是多迷人的地方！有个营长的妻子，是个怪女人，一到晚上就穿上军官制服，独自骑马进山，不带向导。据说她在山村里跟一个小公爵出了点儿风流韵事。

"我的圣母娘娘……"达留什卡叹道。

"再说那时候喝得多痛快！吃得多丰盛！那些有自由思想的人真是天不怕地不怕呀！"

安德烈·叶菲梅奇听着，却没有听进去：他在思考着什么，不时喝一口啤酒。

"我常常梦见聪明的人，与他们叙谈，"他忽然打断米哈伊尔·阿韦良内奇的话，说，"家父让我受到良好的教育，但是在六十年代的思潮影响下，他非要我当医生不可。我这样想，假如当年我不听他的话，那么我现在一定处在思想运动的中心了。恐怕我已成了某个系的教授。当然，智慧也不是永恒的，而是短暂易逝的，可是您已经知道，为什么我对它如此喜爱有加。生活是个令人苦恼的陷阱。一个有思想的人到了成年期，思想成熟了，他不由得感到自己仿佛掉进了没有出路的陷阱。实际上，他从虚无走向有生命的历程不是出于他自己的意志，而是由某些偶然的情况造成的……这是为什么？他想弄清自己生存的意义和目的，可是别人不告诉他，要不就对他说些荒唐话。他敲门——门没开，来的却是死神——这同样不是出于他的意愿。这不就像待在监狱里的人被共同的不幸联系在一起，当他们凑在一起时，就觉得生活不那么沉重，同样的道理，当热衷于分析和概括的人们聚到一处，在交流彼此的引以为自豪的自由思想中消磨时光时，就不会觉得生活在陷阱之中。从这个意义上讲，智慧是不可替代的快乐。"

"完全正确。"

安德烈·叶菲梅奇眼不正视对方，讲讲停停，一直平静地谈论着有智慧的人和同他们的交谈。米哈伊尔·阿韦良内奇留心听着，连连赞同："完全正确。"

"那么您不相信灵魂不灭吗？"邮政局长突然问道。

"不，尊敬的米哈伊尔·阿韦良内奇，我不相信，也没有理由相信。"

"老实说，我也怀疑。可是，话说回来，我有一种感觉，仿佛我永远不会死去。哎，我心里想，老家伙，你死期渐近！可是内心有个声音说：别相信，你死不了！……"

九点一过，米哈伊尔·阿韦良内奇便告辞回家。他在前室穿上皮大衣，叹口气，说：

"可真是，命运把我们抛到这么荒凉偏僻的地方！遗憾的是我们还得死在这里。唉！……"

七

送走了朋友，安德烈·叶菲梅奇坐到桌后，又看起书来。夜晚没有一丝声音打破寂静。时间仿佛也停滞了，跟埋头读书的医生一起屏住了气息。除了这书和带绿罩子的灯，一切都不复存在。医生那张庄稼汉般粗俗的脸上渐渐变得容光焕发，在人类智慧的进展面前露出了感动和喜悦的微笑。啊，人为什么不能永生呢？他想，为什么要有脑中枢和脑回？为什么要有视力、语言、自我感觉和天才，既然所有这一切注定要埋进土里，最后跟地壳一起冷却，随后千百万年毫无意义、毫无目的地随着地球绕着太阳旋转呢？既然要冷却，既然要随着地球旋转，那就完全没有必要从虚无中孕育出人和他的高得近乎神的智慧，尔后仿佛开玩笑似的又把人化作尘土！

这便是新陈代谢！然而用这种冒牌货来替代永生以此来安慰自己，这是何等怯懦！自然界中所发生的一切无意识的变换过程，甚至比人的愚蠢更为低劣，因为愚蠢中毕竟还有意识和意志，而那些过程中却是一无所有。只有那种在死亡面前感到恐惧而不是感到尊严的懦夫，才自我安慰说，他的躯体渐渐地将化作青草，石头，蛤蟆……认为新陈代谢就是永生，这是一种奇谈怪论，这无异于一把珍贵的提琴被砸碎变得一无用处后，有人却预言提琴盒将前途灿烂一样荒唐可笑。

每当时钟敲响，安德烈·叶菲梅奇就背靠圈椅，闭上眼睛，思索一番。在从书中读到的那些美好思想的影响之下，他无意中把目光转向自己的过去和现在。过去令人不堪回首，最好不去想它。而现在也跟过去一样。他知道，当他的思想随着冷却中的地球绕着太阳旋转的时候，在他寓所旁边的医院主楼里，人们正遭受着疾病和浑身脓疮的折磨。也许有人在辗转反侧，在跟臭虫作战，有人染上丹毒，或者因为绷带缠得太紧而呻吟，有的病人可能正跟护士们玩牌喝酒。一个年度里有一万二千人受骗，医院的全部工作跟二十年前一样，充斥着偷盗、争吵、诽谤、徇私，充斥着拙劣的招摇撞骗。医院依旧是不道德的机构，对病人的健康极其有害。他知道在六号病房的铁窗里尼基塔经常殴打病人，还知道莫谢伊卡每天都在城里行乞。

另一方面他又清楚地知道，近二十五年来医学发生了神奇的变化。他在大学学习的时候就觉得，医学很快就会与炼金术和玄学同流合污，可是现在，每当他夜里看书时，医学常常触动他，唤起他心中的惊喜之情。的确，它的成就多么辉煌，简直是发生了深刻的革命！由于发明了防腐的方法，伟大的皮罗戈夫〔尼·伊·皮罗戈夫（1810—1881），俄国解剖学家，外科学家〕认为甚至inspe（拉丁文，意为"在将来"）都做不了的许多手术，现在都能做了。连普通的地方自治局医生都敢做膝关节切除术。至于剖腹术，做一百例只有一例死亡。结石病只是小事一桩，甚至没有人再写这方面的文章。梅毒已经可以根治。此外还有遗传学说，催眠疗法，巴斯德〔巴斯德（1822

—1895），法国近代微生物学和免疫学奠基人〕和科赫〔科赫（1843—
1910），德国微生物学家，现代细菌学、流行病学奠基人之一〕的新发
现，以统计学为基础的卫生学，还有我们俄国的地方自治局
医疗系统，精神病学以及其现代的精神病分类法、诊断法、医
疗法，同过去相比，简直像一座雄伟的厄尔布鲁士（高加索山
脉之高峰）。现在对待疯子不再往他们头上浇冷水，不再要他
们穿紧身病服，对他们比较人道，据报上说，甚至为他们举办
演出和舞会。安德烈·叶菲梅奇知道，从当前的观点和时尚
来看，像六号病房这样的丑恶现象大概只能在离铁道二百俄
里的小城里出现，因为这里的市长和全体自治会的议员都是
半文盲的小市民，他们把医生看作术士，哪怕医生把熔融的
锡水灌进病人的嘴里他们也会相信他做得对，而不加批评。
换了别的地方，公众和报刊早把这个小小的巴士底（巴黎监
狱，1789 年法国大革命期间被群众捣毁）砸烂了。

　　"不过这又能怎么样呢？"安德烈·叶菲梅奇睁开眼睛
问自己，"结果又会怎么样呢？防腐剂也罢，科赫也罢，巴斯
德也罢，丝毫改变不了事情的实质。患病率和死亡率一如既
往。人们为疯子举办舞会，演戏，但依旧不能让他们自由行
动。可见一切都是胡闹，徒劳无益，其实，最好的维也纳医院
和我的医院之间并没有什么差别。"

　　可是一种委屈和类似嫉妒的情绪使他再也不能漠然置
之。这恐怕是太困的缘故，沉重的头垂向书本，他只好双手
托住脸，心里想道：

"我做着有害的事情,我拿人家的钱却欺骗他们。我不诚实。可是我本身微不足道,我只是必不可少的社会罪恶的一小部分:所有的县官都是有害的,却白领着薪水……可见不诚实并不是我的过错,而是时代的过错……我若晚生二百年,我就是另一个人了。"

时钟敲了三下,他熄了灯进了卧室。可是他毫无睡意。

八

两年前,地方自治局慷慨解囊,决定在地方自治局医院开办前,每年拨款三百卢布,作补贴市立医院增加医务人员之用。因此,为了协助安德烈·叶菲梅奇的工作,县医生叶夫根尼·费多雷奇·霍博托夫便受聘来到这个城市。这人年纪轻轻,不到三十岁,高颧骨,小眼睛,是个身材高大的黑发男子,看来他的祖先是异族人。他来到这个城市时身无分文,提一只小箱子,带一个难看的年轻女人,说是自己的厨娘。这个女人还有一个吃奶的娃娃。叶夫根尼·费多雷奇经常戴一顶鸭舌制帽,脚穿高筒靴,冬天穿着短皮袄。他跟医士谢尔盖·谢尔盖伊奇和会计交上了朋友,可是不知为什么把其余的官员叫作贵族,老躲着他们。他的家里只有一本书:《一八八一年维也纳医院最新处方》。就诊时随身带着这本书。每天晚上他在俱乐部玩台球,却不喜欢玩牌。言谈中他特别爱用这类词汇:"拖泥带水""废话连篇""你别故布疑阵",等等。

他每周来医院两次,查病房,看门诊。医院里没有防腐剂,沿用拔血罐放血,使他大为恼火,但他也不采用新办法,唯恐这样一来冒犯了安德烈·叶菲梅奇。他把自己的同事安德烈·叶菲梅奇看作老滑头,怀疑他很有钱,对他嫉妒有加,但愿取他的职位而代之。

九

三月末,一个春天的傍晚,地上已经没有积雪,医院的花园里椋鸟开始歌唱,安德烈·叶菲梅奇把他的朋友邮政局长送到大门口。正在这个时候,犹太人莫谢伊卡带着他的战利品从外面回来,刚走进院子。他没戴帽子,光脚穿一双浅帮套鞋,手里拿着一小包讨来的东西。

"赏个小钱吧!"他冻得浑身哆嗦,笑着对医生说。

安德烈·叶菲梅奇对别人的要求,向来不愿拒绝,便给了他一个十戈比硬币。

"这不成体统,"他瞧着莫谢伊卡的光脚和又瘦又红的踝骨想道,"瞧他浑身湿透了。"

他的内心激起一种既像同情又像愤慨的感情,跟着犹太人朝厢房走去,时而看看他的秃顶,时而看看他的踝骨。一见医生进来,尼基塔立即从一堆破烂上跳起来,站得笔直。

"你好,尼基塔,"安德烈·叶菲梅奇温和地说,"能不能给这个犹太人发双靴子,要不然他会着凉的。"

"遵命,老爷。我一定报告总务长。"

"费心了。你可以用我的名义请求他，就说是我要你这么干的。"

从外屋通向六号病房的门正开着。伊凡·德米特里躺在床上，撑着胳膊肘抬起身子，惶恐不安地听着陌生人的声音，突然认出了医生。他气得浑身打战，跳下床，涨红了脸，瞪大着眼，恶狠狠地跑到病房中央。

"医生来了！"他大声嚷着，伴着哈哈笑声，"总算来了！先生们，我向你们道喜，医生大驾光临来探望我们啦！该死的浑蛋！"他突然尖叫一声，跺一下脚，那副模样是病房里的人从来没有见过的，"打死这个浑蛋！不，打死还不解气！该把他扔进粪坑里淹死！"

安德烈·叶菲梅奇听到这话，便从外屋朝病房里看了看，温和地问：

"这是为什么？"

"为什么？"伊凡·德米特里叫道，气汹汹地向他逼过来，同时忙乱地裹紧身上的病服，"为什么？贼！"他憎恶地说，还鼓起腮帮子，似乎想啐他一口，"骗子！刽子手！"

"别激动，"安德烈·叶菲梅奇抱歉地微笑着说，"请相信，我从没偷过抢过，要说别的，您恐怕夸大其词了。我看得出来，您有气。您别激动，我请您，如果可以的话，冷静地告诉我：您为什么生气？"

"你们为什么把我关在这里？"

"因为您有病。"

"是的，我有病。可是要知道，成百上千的疯子行动自由，因为你们无知，分不清谁是疯子，谁是健康人。为什么该我和这几个不幸的人，像替罪羊似的代人受过，被关在这里？您，医士，总务长以及你们医院里所有坏蛋，在道德方面，比我们这里的任何人都要卑鄙得多，为什么关起来的是我们，而不是你们？什么逻辑？"

"这跟道德和逻辑全不相干。一切取决于偶然。谁被关起来，他就得待在这里；谁没有被关起来，他就可以行动自由。就这么回事。我是医生，您是精神病患者，这与道德和逻辑毫不相干，这纯粹是偶然性造成的。"

"你这一派胡言我不懂……"伊凡·德米特里闷声闷气地说罢，在自己的床上坐了下来。

莫谢伊卡知道尼基塔当着医生的面不敢搜查他，便把不少面包、纸币和骨头摊在床上。他还是冻得发抖，用悦耳的声音很快地说着犹太话。大概他以为自己又在开铺子做买卖了。

"放我出去。"伊凡·德米特里说，他的声音发颤。

"我办不到。"

"为什么？为什么？"

"我没这个权力。您想一想，就算我放了您，您会有什么好处？您走，可是城里人或者警察还会捉住您，再送您回来的。"

"对，对，这倒是真的……"伊凡·德米特里说着，擦一下额头，"这真可怕！那么我该怎么办？怎么办？"

伊凡·德米特里的声音，他那张年轻聪明的脸和扭曲的面容，都让安德烈·叶菲梅奇喜欢。他想对这个年轻人亲热些，安慰他一下。他挨着他坐到床上，想了想说：

"您问怎么办，像您的这种处境，最好是从这里逃出去。可是，很遗憾，这徒劳无益。您会被人抓住的。一旦社会对罪犯、精神病人和一般的不合时宜的人严加防范，把他们隔离起来，这个社会是不可战胜的。您只有一条出路：安下心来，并且认定您待在这里是必要的。"

"谁都没有这个必要。"

"既然存在监狱和疯人院，那总得有人待在里面。不是您就是我，不是我就是别的什么人。您等着吧，在遥远的未来，监狱和疯人院不再存在，到那时也就不会再有这些铁窗和疯人衣了。当然，这样的时代迟早要来到的。"

伊凡·德米特里冷冷一笑。

"您开哪门子玩笑，"他眯起眼睛，说，"像您和您的助手尼基塔这样的老爷们跟未来没有任何关系，但是您可以相信，好心的先生，美好的时代一定会到来！纵使我说得平淡无奇，您取笑吧，但是，新生活的曙光将普照大地，真理必胜，而且在我们的大街上将举行盛大的庆典！我等不到那一天，早死了，然而我们的后代会迎来那么一天的。我衷心地祝贺他们，我高兴，为他们高兴！前进！愿上帝保佑你们，朋友们！"

伊凡·德米特里眼睛熠熠发亮，站了起来，朝窗子方向伸出双手，用激动的声音继续道：

"为了这些铁窗我祝福你们！真理万岁！我高兴！"

"我并不认为这有什么理由值得高兴，"安德烈·叶菲梅奇说，他觉得伊凡·德米特里的动作像在演戏，这同样让他喜欢，"没有监狱和疯人院之时，正如您刚才讲的那样，便是真理胜利之日，然而事情的本质不会改变，自然规律依然如故。人们还会生病，衰老，死亡，跟现在一样。不管将来有多么灿烂的曙光照耀你们的生活，到头来人还得被钉进棺材，扔进墓穴。"

"那么永生呢？"

"哎，哪有的事！"

"您不相信，嘿，可是我相信。不知是陀思妥耶夫斯基还是伏尔泰的书里说的，如果没有上帝，那么人们也会把他造出来的〔法国作家、哲学家伏尔泰（1694—1778）曾提出"如果上帝不存在，就应当把它造出来"。俄国作家陀思妥耶夫斯基在他的长篇小说《卡拉马佐夫兄弟》中引用了这句话，并补充道："而且确实，人类造出上帝来了。"〕。我深信，即使没有永生，那么伟大的人类智慧迟早也会把它造出来的。"

"说得好，"安德烈·叶菲梅奇开心地笑道，"您有信念，这很好。有信念的人哪怕被堵在墙里面也会生活得欢快的。请问您在什么地方受过教育？"

"是的，我上过大学，不过没有读完。"

"您是个有思想、爱思考的人。在任何环境中您都能找到内心的平静。那种想探明生活意义的自由而作深刻的思考，以及对尘世浮华的全然蔑视——这是人类迄今为止最高的两种幸福。哪怕您生活在三道铁栏里面，您也能拥有这种幸福。第欧根尼（古希腊哲学家，奉行极端的禁欲主义，传说他住在一个大木桶里）生活在木桶里，然而他比人间所有的帝王更幸福。"

"您的第欧根尼是糊涂虫，"伊凡·德米特里阴沉地说，"您为什么要对我提第欧根尼，谈什么探明生活的意义？"他突然大发脾气，跳了起来，"我爱生活，我非常爱生活！我得了被害妄想症，经常恐惧万分，然而有的时候我心里充满了对生活的渴望，这时我就害怕发疯。我非常想活着，非常想活着！"

他激动地在病房里走来走去，压低声音又说：

"我幻想的时候，便产生种种幻觉。只觉得有人向我走来，我听到说话声和音乐，我似乎觉得，我是在树林里散步，在海边徘徊，我是多么渴望奔忙、操劳的生活……请告诉我外面有什么新闻，"伊凡·德米特里问，"外面怎么样了？"

"您想知道城里的新闻呢，还是一般的新闻？"

"先跟我说说城里的新闻，再讲讲一般的。"

"好吧。城里沉闷无聊……没有人可以说说话，也找不到愿听你的话的人。没有新来的人。不过，前不久来了一个年轻的医生霍博托夫。"

"他总算在我活着的时候来了。怎么样，是个卑鄙小人吧？"

"是的，一个没有教养的人。您知道吗，这很奇怪……从各方面看，我们的许多省城挺活跃，思想并不停滞——这就是说，省城应当有真正的人。可是不知什么缘故，每一次派给我们的人都叫人看不上眼。真是个不幸的城市！"

"是的，真是个不幸的城市！"伊凡·德米特里叹了一口气，又笑起来，"那么一般的新闻呢？报纸和杂志上都登些什么？"

病房里已经很暗。医生站起来，开始讲起报刊刊登的有关国内外事件，讲起当前出现的思潮。伊凡·德米特里仔细听着，提些问题，可是突然间，他似乎想起了什么可怕的事情，赶紧抱住头，在床上躺下，背对着医生。

"您怎么啦？"安德烈·叶菲梅奇问道。

"您别想听见我再说一个字，"伊凡·德米特里粗鲁地说，"别管我！"

"为什么？"

"我对您说：别管我！真见鬼了！"

安德烈·叶菲梅奇耸了耸肩膀，叹口气，走了出去。经过外屋时，他说：

"这里能不能收拾一下，尼基塔……气味真难闻！"

"遵命，老爷。"

"多可爱的年轻人！"安德烈·叶菲梅奇回寓所的路上，想道，"我在此地生活期间，他恐怕是头一个可以交谈的人。他善于思考，感兴趣的是那些值得感兴趣的事。"

他又坐下看书，后来上床睡觉，一直想着伊凡·德米特里。第二天早晨醒来,他想起昨天结识了一个聪明而有意思的人,决定有可能时再去看他。

十

伊凡·德米特里还像昨天那样抱着头、缩着腿躺在床上。看不见他的脸面。

"您好,我的朋友,"安德烈·叶菲梅奇说,"您没有睡着吧?"

"首先,我不是您的朋友,"伊凡·德米特里对着枕头说,"其次,您这是枉费心机:您从我嘴里是掏不出一句话来的。"

"奇怪……"安德烈·叶菲梅奇窘得说话也不利索了,"昨天我们本来谈得很好的,可是不知为什么您突然生起气来,立即不说了……是我说话不当,还是有的想法不符合您的信念……"

"哼,你的那些话我才不信!"伊凡·德米特里抬起身子,嘲讽而又惊惧地望着医生说,他的眼睛是红的,"您可以到别的地方去刺探和拷问,在这里您休想。我昨天就明白您的图谋了。"

"奇怪的想法!"医生淡淡一笑,"这么说,您把我当成密探了?"

"是的,是这样……我认为,密探也罢,医生也罢,都是一回事,反正是派来试探我的。"

"唉,您这个人,请原谅我直说……真叫怪!"

医生坐到床附近的凳子上,责备地摇着头。

"就算被您说对了,"他说,"就算我背信弃义想抓住您的话告到警察局去,您被捕了,后来受了审。可是难道您受审、关在监狱里就一定比在这里更糟? 如果判您终生流放甚至服苦刑,难道就一定比关在这间病房里还要糟? 我以为不会更糟……那又有什么可怕的?"

这番话显然对伊凡·德米特里起了作用。他放下心,坐了下来。

那是下午四点多钟。平常这个时候,安德烈·叶菲梅奇总在寓所的各个房间里走来走去,达留什卡便问他是不是该喝啤酒了。这一天外面没有风,天气晴朗。

"我饭后出来散步,您瞧,顺路就上这儿来了,"医生说,"完全是春天了。"

"现在是几月? 三月吗?"伊凡·德米特里问。

"是的,三月底。"

"外面到处是烂泥吧?"

"不,不完全是这样。花园里已经有路可走了。"

"现在若能坐上马车去城外走走就好了,"伊凡·德米特里像刚醒来似的一边揉着红眼睛,一边说,"然后回到家里温暖舒适的书房……再找个像样的大夫治治头疼……我已经很久没过正常人的生活了。这里真糟糕! 糟糕得叫人受不了!"

经历了昨天的激动之后,他变得神情倦怠,无精打采,懒得说话。他的手指不住地颤抖,看他的脸色可知他头疼得厉害。

"温暖舒适的书房和这个病房之间没有任何差异，"安德烈·叶菲梅奇说，"人的安宁和满足不在他身外，而在他内心。"

"这话什么意思？"

"普通人以身外之物，如马车和书房，来衡量命运的好坏，而有思想的人以自身来衡量。"

"您到希腊去宣扬这套哲学吧，那里气候温暖，橙子芳香，可是您那套哲学跟这里的气候不相适应。我跟谁谈起过第欧根尼？跟您是吗？"

"是的，昨天您跟我谈起过他。"

"第欧根尼不需要书房和温暖的住所，那边本来就够炎热的了。他住他的木桶，吃橙子和橄榄就够了。如果他生活在俄罗斯，那么别说十二月，在五月份他就会要求搬进房间里住，他早冷得缩成一团了。"

"不，对寒冷，以及一般说来对所有的痛苦，人可以做到没有感觉。马可·奥勒留〔马可·奥勒留（121—180），罗马皇帝，斯多葛派哲学家〕说过：'痛苦是人对病痛的一种鲜活的观念，如果你运用意志的力量改变这种观念，抛开它，不再诉苦，痛苦就会消失。'这是对的。智者或者一般有思想、爱思考的人，之所以与众不同，就在于他蔑视痛苦，他总感到满足，对什么都不表惊奇。"

"这么说来我是白痴，因为我痛苦，不满，对人的卑鄙感到吃惊。"

"您用不着这样。如果您能经常地深入思考一番，您就会明白，那些害得我们心神不宁的身外之物是多么微不足道。努力去探明生活的意义——这才是真正的幸福。"

"探明生活的意义……"伊凡·德米特里皱起眉头，说，"什么身外之物，身内之物……对不起，这些我不懂。我只知道，"他站起来，气势汹汹地看着医生，说，"我只知道上帝创造了我这个有血有肉有神经的人，是这样，先生！人的机体组织既然富于生命力，那么它对外界的一切刺激就应当有所反应。我就有这种反应。受到痛苦，我便有痛感，我便喊叫，流泪；看到卑鄙行为，我便愤怒；看到丑陋龌龊的东西，我便厌恶。在我看来，这本身就叫生活。机能越是低下，它的敏感度就越差，它对外界刺激的反应能力就越弱；机能越高级，它就越敏感，对现实的反应就越强烈。怎么连这个也不懂呢？身为医生，居然不知道这么浅显的道理！为了能蔑视痛苦，始终心满意足，对什么都无动于衷，瞧，就得修炼到这般地步，"伊凡·德米特里指着一身肥肉的胖庄稼汉说，"或者让痛苦把你磨炼得麻木不仁，对痛苦丧失了任何感觉，换句话说，也就是变成了活死尸。对不起，我不是智者，也不是哲学家，"伊凡·德米特里激动地继续道，"您的话我一点儿也不懂。我不善争辩。"

"恰恰相反，您争辩得很出色。"

"您刚才讲到的斯多葛派（古代哲学流派，认为智者应顺应自然的冷漠，清心寡欲，晚期宣扬宿命论观点，代表人物有芝诺、马可·奥勒留）哲学家，是一些优秀人物，但他们的学说早在两千年前就停滞不前了，当时没有丝毫进展，后来也不会发展，因为它不切实际，不具生命力。它只是在少数终生都在研究、玩味各种学说的人中间获得成功，而大多数的人并不理解它。那种宣扬漠视财富，漠视生活的舒适，蔑视痛苦和死亡的学说，对绝大多数人来说，是根本无法理解的，因为大多数人生来就不知财富为何物，他们与舒适的生活无缘；而蔑视痛苦对他来说也就是蔑视生活本身，因为人的全部实质就是由遭受寒冷、饥饿、屈辱、灾难以及面对死亡的哈姆莱特式的恐惧等等之痛构成的。全部生活就在于这些感觉中。人可以因生活而苦恼，憎恨它，但不能蔑视它。是这样。我再说一遍，斯多葛派的学说不可能有未来，从世纪初直到今天，您也知道，只有斗争、对痛苦的敏感和对刺激的反应能力才能前进……"

伊凡·德米特里的思路突然中断，他停下来不说了，只是苦恼地擦着额头。

"我有一句重要的话要说，可是我的思路乱了，"他说，"我刚才说了什么了？哦，对了！我想说的是，有个斯多葛派的人为了替亲人赎身，自己卖身为奴。您瞧，可见连斯多葛派的人对刺激也是有所反应的，因为要做出舍己为人这种壮举，需要有一颗义愤填膺、悲天悯人的心灵。在这个牢房里，我把学过的东西都忘光了，否则我还会记起什么的，拿基督来说，怎么样？基督对现实的回答是哭泣，微笑，忧愁，愤怒，甚至苦恼。他不是面带微笑去迎接痛苦，也没有蔑视死亡，而是在客西马尼花园里祷告,求苦难离开他。"

伊凡·德米特里说罢微微一笑,坐了下来。

"就算人的安宁和满足不在他身外,而在他的内心吧,"他又说,"就算人应当蔑视痛苦,对什么都无动于衷吧。可是您根据什么理由宣扬这种观点呢?您是智者吗?您是哲学家吗?"

"不,我不是哲学家,可是每个人都应当宣扬它,因为这是合情合理的。"

"不,我想知道的是,您有什么资格认为自己应该宣扬探明生活意义、蔑视痛苦等等这类观点?难道您以前受过苦?您知道什么叫痛苦吗?请问:您小时候挨过打吗?"

"不,我的父母痛恨体罚。"

"可是我经常挨父亲的毒打。我的父亲是个性情暴躁、害痔疮的文官,鼻子很大,脖颈灰黄。不过还是谈谈您吧。您这一辈子,谁也没有用指头碰过您一下,谁也没有吓唬过您,殴打过您,您健壮得像头牛。您在父亲的羽翼下长大,他供您上学读书,后来又找了一个高薪而清闲的肥缺。二十多年来您住着不花钱的公房,有暖气、照明、仆役,一应俱全,而且有权爱怎么工作就怎么工作,爱干多久就干多久,哪怕什么事不干也行。您生来就是个懒散、疲沓的人,所以您竭力把生活安排得不让任何事情来打扰您,不想动一动自己的位子。您把工作交给医士和其他混蛋去做,自己坐在温暖安静的书房里,积攒钱财,读书看报。您自得其乐,思考着各种各样高尚的胡言乱语,而且还,"伊凡·德米特里看一眼医生的红鼻子,"爱喝酒。总而言之,您没有见过生活,根本不了解生活,您只是在理论上认识生活。至于您蔑视痛苦、对什么都无动于衷,原因很简单:人世的空虚,身外之物和内心世界,蔑视生活、痛苦、死亡,探明生活的意义,真正的幸福——凡此种种最适合俄国懒汉的哲学。比如说,您看见一个农民在打他的妻子。何必多管闲事? 由他打去吧,反正两人迟早都要死的,再说他打人受辱的不是被打的人,而是他自己。酗酒是愚蠢的,不成体统,可是喝酒的要死,不喝酒的也要死。来了个婆姨,她牙疼……嘿,那算什么? 疼痛是人对病痛的一种概念,再说这世界上谁也免不了病痛,大家都要死的,所以你这婆姨,去你的吧,别妨碍我思考和喝酒。年轻人来讨教怎样生活,该做什么。换了别人回答前一定会认真思考一番,可是您的答案是现成的:努力去探明生活的意义,或者努力去寻找真正的幸福。可是这种神话中的'真正的幸福'到底为何物? 当然,答案是没有的。我们这些人被关在铁窗里,浑身脓疮,备受煎熬,可是这很好,合情合理,因为在这个病房和温暖舒适的书房之间其实毫无差异。好方便的哲学:无所事事,良心清白,自以为是个智者……不,先生,这不是哲学,不是思考,不是眼界开阔,而是懒惰,是江湖杂耍,是痴人说梦……是的!"伊凡·德米特里又勃然大怒起来,"您蔑视痛苦,可是,如果您的手指叫房门夹一下,恐怕您就要扯开嗓门大喊大叫了!"

"也许我不会大喊大叫的。"安德烈·叶菲梅奇温和地微笑着说。

"是吗！哪能呢！假定说，您突然中风，栽倒了，或者有个混蛋和无耻小人，利用他的地位和官势当众侮辱您，您明知他这样做可以不受惩罚而逍遥法外——嘿，到那时您就会明白叫别人去探明生活的意义、追求真正的幸福是怎么回事了。"

"好新鲜的见解，"安德烈·叶菲梅奇满意地笑着、搓着手说，"您爱好概括，这使我感到又愉快，又吃惊。您刚才对我的性格特征做了一番评定，简直精彩之极。说真的，同您交谈给了我极大的乐趣。好吧，我已经听完了您的话，现在请容我说……"

十一

这次谈话又持续了近一个小时，显然对安德烈·叶菲梅奇产生了深刻的印象。从此他开始每天都到这间病房去，早晨去，下午去，黄昏时常常见到他跟伊凡·德米特里在交谈。起先伊凡·德米特里见到他就躲开，怀疑他居心不良，公然显出不高兴，后来他来多了，习以为常，他的生硬态度换成了宽容的嘲讽。

不久医院流言纷起，说医师安德烈·叶菲梅奇经常去六号病房，无论是医士，尼基塔，还是护士，谁都弄不明白他为什么去那里，为什么一坐就是几个钟头，他谈些什么，为什么不开药方。他的举动太古怪了,连米哈伊尔·阿韦良内奇去他家时也常常见不到他,这是以前从来没有发生过的事。达留什卡更是想不通,医生怎么不在规定的时间喝啤酒,有时甚至迟迟不来吃饭。

有一天,已经是六月底了,霍博托夫医生有事来找安德烈·叶菲梅奇,发现他不在家,就到院子里找他。有人告诉他说,老医生去看精神病人了。霍博托夫走进厢房,站在外屋,听见了这样的谈话:

"我们永远谈不到一起,您别想让我相信您那一套,"伊凡·德米特里气愤地说,"您根本不了解现实,您从未受过苦,您只是像条水蛭那样专靠别人的痛苦而生活。我呢,从出生到现在,不断受苦受难。因此我要坦率奉告:我认为我在各方面都比您高明,比您更有资格。您不配来教训我。"

"我丝毫无意迫使您接受我的信仰,"安德烈·叶菲梅奇低声说,对方不想理解他,他感到很遗憾,"问题不在这里,我的朋友。问题不在于您受苦而我没有受过苦。痛苦和欢乐都是无常的,我们别谈这些吧,由它去。问题在于你我都在思考,彼此都认为我们是善于思考和判断的人,不管你我的观点南辕北辙,凭这一点便把你我联系在一起了。您若能知道,我的朋友,我是多么厌恶普遍存在的狂妄、平庸和愚昧,而每次跟您交谈我又是多么愉快! 您是有思想的人,我感到欣慰。"

霍博托夫把门推开一点儿,往病房里看。伊凡·德米特里戴着尖顶帽和医师安德烈·叶菲梅奇并排坐在床边。疯子做着怪相，直打哆嗦，不时神经质地裹紧病人服。医师低着头，一动不动地坐着，他的脸孔通红，一副无助和忧伤的表情。霍博托夫耸耸肩膀，一声冷笑，与尼基塔交换了一下眼色，尼基塔也耸耸肩膀。

第二天，霍博托夫跟医士一起来到厢房。两人站在前室里偷听。

"看来我们的老爷子完全疯了！"霍博托夫说罢出了厢房。

"主啊，饶恕我们这些罪人吧！"衣装讲究的谢尔盖·谢尔盖伊奇叹了一口气，小心绕过水洼，免得弄脏擦得锃亮的鞋子，"老实说，尊敬的叶夫根尼·费多雷奇，果不出我所料！"

十二

此后，安德烈·叶菲梅奇发觉周围有一种神秘气氛。医院里的勤杂工、护士和病人遇见他时总用疑惑的目光看他几眼，然后交头接耳起来。往日他喜欢在医院的花园里遇见总务长的女儿玛莎，现在每当他微笑着走到她跟前想摸摸她的小脑袋时，不知为什么她总跑开去。邮政局长米哈伊尔·阿韦良内奇听他说话，不再总是说"完全正确"，却令人费解地惶惶不安地嘟哝："是的，是的，是的……"看着他时带着沉思而忧郁的神色。不知为什么他开始劝自己的朋友戒掉伏特加和啤酒。与此同时，邮政局长米哈伊尔·阿韦良内奇作为一个讲究礼貌的人，没有直说，而是暗示他，时而提到一个营长,说他是个出色的人,时而讲到团里的神父,一个可爱的年轻人,说他们经常喝酒,经常生病,可是戒酒之后,什么病都好了。他的同事霍博托夫来过两三次,也建议他戒酒,而且没来由地推荐他服用溴化钾(一种镇静剂)药水。

八月间,安德烈·叶菲梅奇收到市长来信,请他来商量一件重要的事。他在约定的时间来到市政府,在那里安德烈·叶菲梅奇还遇到了军事长官,县立学校的学监,市政厅的成员,霍博托夫,另外还有一位肥胖的浅发先生,经介绍,得知是一位医师。这位医师有一个很拗嘴的波兰人的姓,住在离城三十俄里的养马场,这次是顺道来到这里的。

"这里有一份你们医院的报告,"大家互相打过招呼围桌坐下后,市政厅成员对安德烈·叶菲梅奇说,"叶夫根尼·费多雷奇说,医院主楼里的药房太小,应当把它搬到厢房去。当然啦,搬是可以的,这不成问题。问题是厢房需要整修。"

"是的,是该整修了,"安德烈·叶菲梅奇考虑一下说,"比如说,院子角上的那间厢房用作药房,那么这笔费用我认为 Mimimum(拉丁文,意为"至少")需要五百来卢布。这是一笔非生产性的开支。"

片刻的沉默。

"十年前我有幸呈报过,"安德烈·叶菲梅奇低声继续道,"若要保持这个医院的现状,它已成了本城的一个不堪负担的奢侈品了。医院是在四十年代建成的,要知道那时的条件跟今天的完全不同。现在城市把过多的钱花费在不必要的建筑和多余的职位上。我认为，若采用别的办法，这笔钱足可以维持两所示范性的医院。"

"那我们不妨采用别的办法！"市政厅成员赶忙说。

"我已经有幸呈报过：把医疗机构移交地方自治局管理。"

"是啊，把钱交给地方自治局，它可就中饱私囊了。"浅发医生笑了起来。

"历来如此。"市政厅成员表示同意，也笑了。

安德烈·叶菲梅奇懒洋洋地用阴沉的目光看着浅发医生说：

"说话要公道。"

又是一阵沉默。茶端上来了。那个军事长官不知怎么很不好意思，他隔着桌子碰碰安德烈·叶菲梅奇的手，说：

"您完全把我们忘了，大夫。不过您是僧侣：既不玩牌，也不爱女人。跟我们在一起您一定觉得无聊吧。"

大家谈起，在这个城市里，上流人士的生活是多么沉闷。没有剧院，没有音乐，近来在俱乐部的舞会上，女士来了二十来位，可男舞伴只有两位。年轻人不跳舞，老挤在小酒馆旁，不然就打牌。安德烈·叶菲梅奇的眼睛谁也不看，缓慢而平静地讲道，城里人把他们的精力、心灵和智慧都耗费在打牌和搬弄是非上，不会也不想把时间用在有趣的交谈和阅读上，不愿意享受智慧带来的乐趣，这真遗憾，太遗憾了。只有智慧才是有意义的、值得重视的，其余的一切都是卑微而渺小的。霍博托夫一直专心听着自己同事的话，突然问道：

"安德烈·叶菲梅奇,今天是几号?"

听到回答以后,他和浅发医生用一种自己也觉得不高明的主考官的口吻问安德烈·叶菲梅奇:今天是星期几,一年有多少天,六号病房里是否住着一个了不起的先知。

安德烈·叶菲梅奇红着脸,回答了最后一个问题:

"是的,这是一个病人,不过他是个有意思的年轻人。"

此后再没有人向他提任何问题。

他在前厅穿大衣的时候,军事长官一手放到他的肩头,一声叹息,说:

"我们这些老头子都该退休啦!"

离开市政府后,安德烈·叶菲梅奇恍然大悟,原来方才面临着的是个专考查他智能的委员会。他想起对他提的那些问题,脸红了起来,不知为什么现在他有生以来第一次为医学感到惋惜和悲哀。

"我的天哪,"他想起两名医生刚才怎么考查他,不禁想道,"殊不知他们不久前还在听精神病学的课程,参加考试,怎么现在变得这么无知呢?他们对精神病学竟如此无知。"

他有生以来第一次感到自己受了侮辱,感到气愤。

当天晚上,邮政局长来看他。米哈伊尔·阿韦良内奇没打招呼,走到他跟前,抓住他的两只手,激动地说:

"亲爱的,我的朋友,请您相信我的一片好意,并把我当作您的朋友……亲爱的!"他不容安德烈·叶菲梅奇分说,激动地继续道,"我因为您有教养、灵魂高尚而爱您。请听我说,我亲爱的朋友。就医学规则而言,医生必须对您隐瞒真相,而我作为军人,只说实话:您病了！原谅我,亲爱的朋友,但这是事实,您周围的人早已觉察到了。刚才叶夫根尼·费多雷奇大夫对我说,为了有利于您的健康,您必须休息,散散心。完全正确！好极了！过几天我去请假,我也想外出换换空气。请表明您是我的朋友,我们一道走！还像过去那样一道走。"

"我觉得我完全健康,"安德烈·叶菲梅奇想了想,说,"我不能去。请允许我用别的方式来表明我们的友谊。"

出门远行,不知为了什么,有何必要,没有书,没有达留什卡,没有啤酒,二十年来养成的生活方式彻底变了——这种主意他起先觉得毫无道理,十分荒唐。可是他想起了在市政府的谈话,想起了离开市政府回家路上那份沉重的心情,他又觉得暂时离开这个城市, 离开这些把他当成疯子的蠢人,也未尝不可。

"那么您到底打算去哪儿？"

"莫斯科,彼得堡,华沙……我在华沙度过了我一生中最幸福的五年。多么迷人的城市啊！我们一道去,亲爱的朋友！"

十三

过了一个星期,市政厅提出要安德烈·叶菲梅奇休息,也就是要他提出辞职,对此他表现得相当冷淡。又过了一个星期,他和米哈伊尔·阿韦良内奇已经坐上邮车,动身去最近的火车站。天气凉爽,晴朗,蓝湛湛的天空,一览无遗的远方。去车站有二百俄里路程，得走两天，沿途歇两夜。每到一个驿站，人家端来茶水，杯子很脏，或者套马的时间长了，米哈伊尔·阿韦良内奇便气得涨红了脸，浑身哆嗦，大声呵斥："闭嘴！别说废话！"坐进马车之后，他就没完没了地讲起昔日去高加索和波兰王国旅行的事。经历过多少惊险，遇到何等各色各样的人！他说话的声音很大，同时做出一副惊讶的神色，让人以为他是在吹牛。另外，他讲话时总是冲着安德烈·叶菲梅奇的脸呵气，在他耳畔哈哈大笑，弄得医师很不自在，注意力集中不起来，影响他思考。

他们为了省钱，买了三等车厢的票，坐进一节禁烟的车厢里。半数乘客都是讲究干净的人士。米哈伊尔·阿韦良内奇很快就跟他们混熟，从一张座椅挪到另一张座椅，大声说，真不该在这种糟糕的铁路上旅行。简直上当受骗！骑马走就完全不同啦，一天赶上一百俄里，过后仍然觉得精力充沛，神清气爽。讲到我们之所以歉收，是因为平斯克沼泽地的水都叫人排干了。总而言之，到处乱糟糟的。他慷慨激昂，高谈阔论，让人插不了嘴。这种滔滔不绝的唠叨、哈哈大笑和富于表情的手势，惹得安德烈·叶菲梅奇甚是厌倦。

"我们两人到底谁是疯子？"他懊丧地想，"我吗，这个竭力不打搅乘客的人，还是这个不让人安生的利己主义者，自以为比谁都聪明，都有趣呢？"

在莫斯科，米哈伊尔·阿韦良内奇穿上没有肩章的军服和带红镶条的军裤。外出时再戴上军帽，穿上军大衣，走在大街上不断有士兵向他立正敬礼。安德烈·叶菲梅奇现在才感到，这个出身贵族的人原有的良好素养已经丧失殆尽，只留下一些恶习。他喜欢别人伺候他，甚至在完全不必要的时候也是这样。火柴就在他面前的桌子上放着，他也看见了，但他还是向仆役嚷嚷，要他拿火柴来。在女仆面前他穿着内衣裤走来走去也不觉得害羞。他对所有的仆人，哪怕是老人，一律以“你”称呼，发火的时候，就骂他们是蠢货和混账。照安德烈·叶菲梅奇看来，这些都是老爷派头，令人不齿。

首先，米哈伊尔·阿韦良内奇把朋友领到伊维尔教堂里。他热烈地祈祷，不住地磕头，眼泪汪汪。做完祈祷，他深深叹息，说：

“即使你不信教，可是祷告一下就会感到心安理得。吻圣像呀，亲爱的。”

安德烈·叶菲梅奇有些尴尬地吻了吻圣像。米哈伊尔·阿韦良内奇则噘起嘴唇，摇头晃脑，嘴里念念有词，热泪盈眶。随后两人去了克里姆林宫，在那里观看了炮王和钟王，还用手摸了摸，在莫斯科河南岸流连一番，参观了救世主教堂和鲁缅采夫博物馆。

他们在捷斯托夫饭店用餐。米哈伊尔·阿韦良内奇看了大半天菜单，抚摩着络腮胡子，用那种到了餐馆就像到家里那样的美食家的口气说：

“我们倒要看看你们今天拿什么来招待我们，亲爱的！”

十四

医师去了东又去了西,参观,吃饭,喝酒,但他只有一种感觉:烦死了米哈伊尔·阿韦良内奇。他真想离开他,躲起来,独自休息一下,可是这位朋友却认为有责任寸步不离地跟着他,尽量为他安排多种娱乐消遣。等到没什么可看的时候,他就用闲谈来给他解闷。安德烈·叶菲梅奇忍了两天,到了第三天便向朋友推脱说他病了,想在家里歇一天。朋友说,既然这样,他也留下。真该休息一下,否则腿都走不动了。安德烈·叶菲梅奇在长沙发上躺下,脸对着墙,咬紧牙关,听朋友说话。对方热烈地要他相信,法国迟早要摧毁德国,说莫斯科有无数骗子,说光凭长相看不出马的优劣。医师感到耳鸣心悸,但是出于礼貌,他不好意思要朋友走开或者闭嘴。幸好米哈伊尔·阿韦良内奇自己觉得枯坐在旅馆里很无聊,饭后单独出去散心了。

安德烈·叶菲梅奇单独一人时,方感到终于得到了休息的机会。他一动不动地躺在沙发上,意识到房间里只有自己一人,好不痛快! 缺了孤独就算不得是真正的幸福。堕落天使之所以背离上帝,怕是因为他渴望得到天使们所没有领略过的孤独。安德烈·叶菲梅奇本想理一理这几天来的所见所闻,可是米哈伊尔·阿韦良内奇却在他的脑子里挥之不去。

"可他原本是出于情谊,出于一片好心才请了假,陪我出来旅行,"医师沮丧地想道,"可是,没有比这种友情的保护更糟糕的了。看上去他善良、宽厚、快活,其实无聊得很。无聊得叫人受不了。就有这样的人,他们说的都是聪明话和动听话,可是让人觉得他们愚蠢之极。"

随后几天安德烈·叶菲梅奇一直推说自己病了,一直不愿离开旅馆。他脸朝里躺在长沙发上,有时朋友与他闲谈,为他解闷,他便苦恼不堪,有时朋友外出,他才得以片刻休息。他后悔自己不该出门旅行,埋怨朋友变得越来越唠叨、放肆。他有心去思考一些严肃而高尚的课题,但说什么也办不到。

"正如伊凡·德米特里说的,这是现实生活在折磨我了。"他心想,气恼自己的小心眼,"不过,这无非是庸人自扰……我回家后,一切都会恢复如常的……"

在彼得堡情况也一样:他成天待在旅馆里,足不出户,躺在沙发上,只是要喝啤酒时才站起来。

米哈伊尔·阿韦良内奇老是催他去华沙。

"亲爱的,我去那儿干什么?"安德烈·叶菲梅奇恳求他,"您一个人去吧,让我回家!求您了!"

"无论如何不行!"米哈伊尔·阿韦良内奇就是不答应,"那是座无比迷人的城市。我在那里度过了一生中最幸福的五年。"

安德烈·叶菲梅奇缺乏那种坚持己见的性格,只好勉强地跟着去了华沙。到了那里,他照样足不出户,躺在沙发上,生自己的气,生朋友的气,生那些怎么也听不懂俄语的仆役的气。米哈伊尔·阿韦良内奇却照样壮壮实实，精力充沛，欢天喜地，从早到晚在城里游览观光，寻亲访友，好几次他彻夜未归。有一回，不知他在哪儿过了一夜，大清早才回到旅馆，而且神情激动，满脸通红，蓬头乱发。他在房间里来来回回走了好一阵子，嘴里喃喃自语，后来站住了，说：

"要紧的是名誉！"

他又走了一会儿，抱住头，用悲壮的语调说：

"是的，要紧的是名誉！真该死，当初我就不该起意到这个该死的巴比伦（古代巴比伦王国首都。借喻混乱的城市）。来！亲爱的，"他对医师说，"您蔑视我吧：我赌输了！借我五百卢布吧！"

安德烈·叶菲梅奇数出五百卢布，默默地把钱交给了朋友。那一位依然羞愧难当、愤恨得满脸通红，没头没脑地赌了一个毫无必要的咒，戴上帽子，出去了。大约过了两个钟头他回来了，倒在圈椅里，大声叹一口气，说：

"名誉总算保住了！我们走吧，我的朋友！在这个该死的城市里我一分钟也待不下去了。全是骗子！奥地利密探们！"

当两位朋友回到自己的城市，已经是十一月，满街满巷已积了深深的雪了。安德烈·叶菲梅奇的职位已由霍博托夫医生接替，他还住在原来的房子里，等着安德烈·叶菲梅奇回来后腾出医院的寓所。他称之为自己厨娘的那个丑女人已经住到一间厢房里。

城里流传着医院新的流言蜚语，传说那个丑女人跟事务长吵架闹翻,事务长好像向她下跪求饶了。

安德烈·叶菲梅奇回来后的第一天就不得不找房子搬家。

"我的朋友,"邮政局长提心吊胆地对他说,"原谅我提个不礼貌的问题:您手里有多少积蓄?"

安德烈·叶菲梅奇默默地数完钱,说:

"八十六卢布。"

"我问的不是这个,"米哈伊尔·阿韦良内奇还没领会医师所说的话的意思,慌乱地说,"我问的是您总共有多少存款?"

"我不是说过了吗,八十六个卢布⋯⋯此外再没有钱了。"

米哈伊尔·阿韦良内奇向来认为医生为人诚实、高尚,但一直怀疑他手里少说也有两万积蓄。现在才知道安德烈·叶菲梅奇已成了穷光蛋,生活无着,不知怎么他忽然抱住了自己的朋友,号啕大哭起来。

十五

安德烈·叶菲梅奇搬到小市民别洛娃家的一栋有三扇窗的小房子里。房子只有三间屋,另有一个厨房。其中有两个房间窗子临街,由医师租用,达留什卡、女房东和她的三个孩子便住在第三个房间和厨房里。有时女主人的相好来过夜,这个汉子喝得醉醺醺的,整夜吵闹,吓得孩子们和达留什卡胆战心惊。他一来就坐到厨房里,要酒喝,大家都感到很别扭。医师可怜三个哭哭啼啼的孩子,把他们带进自己房里,让他们睡在地板上,他感到莫大的快慰。

他照例八点钟起床，喝过茶便坐下来阅读旧的书报杂志。他已经没钱买新书了。也许是书旧了，也许是环境变了，总之读书再引不起他极大的兴趣，而且很快就使他厌倦了。为了不虚度光阴，他把旧书编出详细目录，再把小小的书目标签贴到书脊上，这件机械的琐碎工作他倒觉得比读书更有意思，让他乐在其中，不再多去思索，时间反而因此过得很快。他甚至到厨房里坐下，帮达留什卡削土豆，在麦粒中捡小石子，他干起来也兴趣盎然。每逢星期六和星期日，他必定去教堂。他在墙根站住，眯着眼睛，听唱诗班唱诗，想想父亲，想想母亲，想想大学生活和宗教信仰，倒也心境恬静而忧伤。离开教堂的时候，总惋惜礼拜仪式结束得太快。

他曾两次去医院看望伊凡·德米特里，想再跟他谈一谈。但是那两次伊凡·德米特里都异常激愤、生气。他要求医师不再来打扰他，因为他早已厌恶空谈了。说是，他受尽了苦难，为此他向那些该诅咒的无耻小人只求一种酬赏——单独囚禁他。难道连这一点他也要遭到拒绝吗？当安德烈·叶菲梅奇向他告别、祝他晚安时，两次他都粗鲁地回答说：

"见你的鬼去！"

安德烈·叶菲梅奇不知道他该不该去第三次。他心里是想去。

往日吃完午饭，安德烈·叶菲梅奇喜欢在房间里走来走去，埋头沉思，现在整个下午直到喝晚茶这段时间里，他一直躺在沙发上面对墙壁，完全陷于无法摆脱的种种世俗的思索之中。他感到屈辱,因为他工作了二十多年,既没有领到养老金,也没有领到一次性补偿。诚然,他工作得不算勤快,可是要知道,所有的工作人员,不论工作勤快与否,都是能领养老金的。当今社会的公道正体现在:官位、勋章、养老金,这些都不是按道德品质和工作才干,而是按职务发放的,不管工作得怎么样,为什么唯独他要成为例外呢?他现在是身无分文了。他都不好意思走过小铺,不好意思看女老板一眼。他已经欠下三十二卢布的啤酒钱,也欠着小市民别洛娃的房租。达留什卡偷偷变卖旧衣服和旧书,向女房东撒谎,说医生很快会领到一大笔钱。

他也生自己的气,不该外出旅行花掉了他积下的一千卢布。有这一千卢布现在能派多少用场!此外人家总来打扰他。霍博托夫自认为不时来探访这位有病的同事责无旁贷。可是他那肥胖的嘴脸,那种粗俗的故作宽容的口气,连他嘴里的"同事",连他那双高筒靴子,无不让安德烈·叶菲梅奇看了心厌意乱。最令人反感的是,他居然认为给安德烈·叶菲梅奇看病是他的责任,而且自以为能治得了他的病。他每一次来总带一瓶溴化钾和几颗大黄丸。

米哈伊尔·阿韦良内奇也认为常来拜访自己的朋友,为他解闷是职责所在。每次他走进安德烈·叶菲梅奇的房间,总是故作随随便便的样子,不自然地一阵哈哈大笑,一再说他今天气色很好,谢天谢地,情况正在好转,由此反而得出结论:他认为自己朋友已病入膏肓了。他至今没有归还在华沙借的款子,所以总是羞愧难当,神情紧张,故意放声大笑,说些逗趣的事。他的那些笑话和故事现在变得没完没了,这对安德烈·叶菲梅奇和他本人来说无异是一种折磨。

他一来,安德烈·叶菲梅奇照样面对墙躺在沙发上,咬紧牙关听他说话。本来他的内心就压着层层积怨,他感到随着朋友的每一次来访,积怨又加厚一层,似乎快堵到他的嗓子眼儿了。

为了摆脱这些浅薄的感情,他赶紧去想,不论他本人,还是霍博托夫,还是米哈伊尔·阿韦良内奇,迟早都要死的,不会在这自然界留下一鳞半爪。如果设想百万年之后有个精灵在宇宙中飞过地球,那么它所看到的也只是黏土和光秃的峭壁。一切,不论是文化还是道德准则,都不复存在,连牛蒡都长不出一株。那么对小铺老板的羞愧,渺小的霍博托夫,米哈伊尔·阿韦良内奇的令人苦恼的友谊,这些又算得了什么?这一切都微不足道,无非是些鸡毛蒜皮的小事而已。

然而这样的推论已经无济于事。他刚想象出百万年之后的地球,这时从光秃的峭壁后面却闪现出穿着高筒靴的霍博托夫或是故意哈哈大笑的米哈伊尔·阿韦良内奇,甚至能听到他那愧疚的低语:"华沙的借款,亲爱的,我过几天就还……一定。"

十六

有一天午饭后,米哈伊尔·阿韦良内奇来了,安德烈·

叶菲梅奇正躺在沙发上。恰好这时霍博托夫也拿着一瓶溴化钾来了。安德烈·叶菲梅奇费劲地起身,坐好,两只手撑着沙发。

"今天,我亲爱的,"米哈伊尔·阿韦良内奇开口说,"您的脸色比昨天好多了,都成小伙子了,真的,成了小伙子!"

"是时候了,也该康复了,同事,"霍博托夫打着哈欠说,"这么拖拖拉拉下去您自己怕是也厌烦了吧。"

"会康复的!"米哈伊尔·阿韦良内奇快活地说,"我们还要活到一百岁呢!肯定的!"

"一百岁不好说,再活二十年不成问题,"霍博托夫安慰说,"没事,没事,同事,您可别泄气……您不该故布疑阵。"

"我们还要大显身手呢!"米哈伊尔·阿韦良内奇放声大笑,还拍拍朋友的膝头,"我们要大显身手的。上帝保佑,明年夏天我们去高加索,骑着马儿跑遍全境——驾!驾!驾!等我们从高加索回来,等着瞧,说不定还要喝您的喜酒哩,"米哈伊尔·阿韦良内奇调皮地挤挤眼睛,"我们让您成亲,亲爱的朋友,让您成亲……"

安德烈·叶菲梅奇忽地感到,积怨已堵到嗓子眼,他的心脏剧烈地跳动起来。

"庸俗!"他说,立即起身,来到窗前,"难道你们不明白你们说的多庸俗吗?"

他本想说得委婉些,礼貌些,然而不由自主地捏紧拳头,高高举过头顶。

"别来烦我！"他大喝一声，嗓音都变了，涨红了脸，浑身打战，"滚出去！两个人都滚出去！滚！"

米哈伊尔·阿韦良内奇和霍博托夫双双站起来，先是吃惊地望着他，后来害怕了。

"两个人都滚出去！"安德烈·叶菲梅奇继续喊道，"傻瓜！蠢材！我既不要你们的友谊，也不要你们的药水，蠢材！庸俗！可恶！"

霍博托夫和米哈伊尔·阿韦良内奇不知所措地交换一下眼色，退到门口，进了前室。安德烈·叶菲梅奇抓起那瓶溴化钾，使劲朝他们背后扔去。玻璃瓶砰的一声在门槛上砸碎了。

"见你们的鬼去！"他带着哭腔喊道，追到前室，"见鬼去！"

客人走后，安德烈·叶菲梅奇像发疟子一样不住打战，躺到沙发上，一次次反复着：

"傻瓜！蠢材！"

他平静下来后，首先想到的是，现在米哈伊尔·阿韦良内奇一定羞愧难当，心情沉重，太可怕了。从来没发生过这种事。怎么这样没半点儿头脑和礼貌？怎么这样不通情达理和明哲的冷静？

医师十分内疚，不住地埋怨自己，弄得彻夜未眠。第二天早上，十点来钟，他动身去邮政局向邮政局长赔礼道歉。

"昨天的事我们就不要提了，"米哈伊尔·阿韦良内奇大为感动，紧紧握住他的手，叹口气说，"谁再提旧事，让他瞎了眼。留巴夫金！"他忽然大叫一声，弄得邮务人员和顾客都吓了一跳，"端把椅子来！你等一下，"他对一个农妇喊道，她正把一封挂号信从铁格子里递给他，"难道你没看见我正忙着吗？过去的事就不提了，"他又转身对安德烈·叶菲梅奇温和地说，"坐呀，我恳求您，亲爱的朋友。"

他默默坐着，轻轻地抚摩着膝头，过了一会儿才说：

"我心里一点儿也不怨恨您。疾病是无情的，这我知道。昨天您犯病了，把我和大夫吓坏了。过后我们又谈起您，谈了很久。我亲爱的，您为什么不想认真治一治自己的病呢？这行吗？请原谅我作为朋友直言不讳，"米哈伊尔·阿韦良内奇开始小声说，"您的处境太糟糕了：住处窄逼、肮脏、缺人照料，没钱治病……我亲爱的朋友，我和大夫一起真诚地恳求您，听从我们的劝告：住到医院里去吧！那里有营养食品，有护理，有治疗。叶夫根尼·费多雷奇，我们私下里说说，尽管是个粗俗的人，可是通晓医术，对他是完全可以信赖的。他保证说，你的病他来治。"

安德烈·叶菲梅奇被邮政局长真诚的关怀和突然流到脸上的眼泪感动了。

"尊敬的朋友，别相信！"他也小声说，一手按到胸口上，"别信他们！这是骗局！我的病只在于二十年来我在这个城市里只找到一个有头脑的人，而他是个疯子。我根本没有病，我只是落进了一个魔圈里，再也出不去了。我已经无所谓，我做好了一切准备。"

"住院吧,我的朋友。"

"我无所谓,哪怕落入一个深坑。"

"亲爱的;您得答应,处处都听叶夫根尼·费多雷奇的安排。"

"好吧,我答应。可是我要再说一遍,尊敬的朋友,我落入了魔圈。现在所有的一切,包括我的朋友们真诚的关怀,都导致一个结局——我的毁灭。我正在毁灭,而且有勇气承认这一点。"

"好朋友,您会康复的。"

"别说了!"安德烈·叶菲梅奇愤愤地说,"很少有人在人生的终点不感受到我此刻的心境。一旦有人对你说,你的肾脏有毛病,心房扩大,所以你必须治疗,或者对你说,你是疯子,是罪犯,总之,一旦别人突然注意你,那你就该知道落入了魔圈里,再也出不去了。你千方百计想跑出去,越跑越迷路。束手就擒吧,因为任何人的力量已救不了你。我就是这样想的。"

当时铁格子那边挤了很多顾客。安德烈·叶菲梅奇不想妨碍公务,便站起来告辞。米哈伊尔·阿韦良内奇再一次请他务必答应他的话,一直把他送到大门口。

这一天的傍晚,穿着短皮袄和高筒靴的霍博托夫出乎意外地也来看望安德烈·叶菲梅奇。他平静地说,那语气仿佛昨天什么事也没发生一样:

"我有事来找您,同事。我来邀请您:您可愿意跟我一道去参加一次会诊？"

安德烈·叶菲梅奇心想,霍博托夫可能想让他出去走一走,散散心,或者真要给他一个挣钱的机会,便穿上衣服,跟他一道走了。他很高兴有机会改正昨天的过错,两人和解了,并且由衷地感谢霍博托夫,他居然只字不提昨天的事,可见原谅他了。想不到这个没有教养的人待人这么大度。

"您的病人在哪儿？"安德烈·叶菲梅奇问道。

"在我的医院里。我早就想请您来了……一个很有意思的病例。"

他们走进医院院子,绕过主楼,朝关疯人的厢房走去。不知为什么一路上谁都不说话。他们走进前室,尼基塔照例跳起来,挺直身子。

"这里有个病人由肺部引出并发症,"霍博托夫同安德烈·叶菲梅奇走进六号病房时小声说,"您在这儿先等一下,我很快就回来。我去取听诊器。"

说罢,他转身走了。

十七

天色暗下来,伊凡·德米特里躺在自己床上,把脸埋在枕头里。瘫痪病人一动不动地坐着,小声抽泣,嘴唇不住地颤动。胖农民和前拣信员已经睡了。病室里悄没声息。

安德烈·叶菲梅奇坐在伊凡·德米特里的床沿上等着。可是一个半小时过去了,进来的不是霍博托夫,而是尼基塔,还抱着病人服，不知谁的内衣裤和一双拖鞋。

"老爷，请您换衣服，"他轻声说，"这是您的床，请过来，"他指着一张显然是刚搬来的空床，加了一句，"没事，上帝保佑，您会康复的。"

安德烈·叶菲梅奇这下明白了。他一句话没说，走到尼基塔指定的床前，坐了下来。他看到尼基塔站在一旁等着，便自己脱光了衣服，他感到很难为情，赶紧穿上病人的衣服，内裤太短，衬衫很长，那件长袍上有熏鱼的气味。

"您会康复的，上帝保佑，"尼基塔重复道。

他抱起安德烈·叶菲梅奇换下的衣服，走出去，随手关上门。

"无所谓……"安德烈·叶菲梅奇想道，不好意思地裹紧长袍，只觉得穿了这身衣服活像个囚徒了，"没什么，……礼服也罢，制服也罢，这身病人服也罢，反正都一样……"

可是怀表呢？侧面口袋里的记事本呢？还有香烟呢？尼基塔把衣服送哪儿去了？今后，恐怕直到死，他再也穿不上自己的裤子、坎肩和靴子了。这一切实在奇怪，刚开始的时候简直不可思议。尽管直到现在安德烈·叶菲梅奇还是相信，小市民别洛娃家的房子和这六号病房之间完全一个样，相信这个世界上万事皆空，荒唐不经，然而他的手还是发抖，腿脚冰凉。一想到伊凡·德米特里很快会起床看到他穿着病人服，他就觉得十分恐怖。他站起来，在病室里不停地走来走去，后来又坐了下去。

就这样他坐了半个小时，一个小时，他感到厌倦和难以忍受的烦闷。难道在这里要坐上一天，一星期，甚至像这些人那样一坐就几年吗？好吧，他坐一阵，走一阵，又坐下了。可以走到窗前，看看外面，然后再从这个屋角走到那个屋角。可是以后做什么呢？就这样像个木头人似的老坐着想心事吗？不，这几乎是不可能的。

安德烈·叶菲梅奇刚躺下，立即又坐起来，用袖子擦去额上的冷汗。他觉得他的脸上也有一股熏鱼味。他又在病室里来回走动。

"这是场误会……"他说，疑惑不解地摊开双手，"应当解释一下，这是场误会……"

说话间，伊凡·德米特里醒来了。他坐起来，用两个拳头托着腮帮。他啐了一口痰。然后懒洋洋地看了医师一眼，显然开始时不明白这是怎么回事，但不久他那睡眼惺忪的脸上露出了恶意的嘲弄人的表情。

"啊哈，把您也关到这里来啦，亲爱的！"他用带着睡意的嘶哑声音说，还眯起一只眼睛，"我很高兴。您以前喝别人的血，现在轮到别人喝您的血了。妙极了！"

"这是场误会……"安德烈·叶菲梅奇说。听了伊凡·德米特里的话吓坏了，他耸耸肩膀，重复道："这是场误会……"

伊凡·德米特里又啐一口，躺了下去。

"该死的生活！"他发起牢骚，"令人悲哀、令人屈辱的是，这种生活不是因为你受苦而报偿你，也不像歌剧中那样因你受苦而礼赞你,而是以死亡结束。总有一天勤杂工会来抓住尸体的手脚,把他拖到地下室里。呸!那也没什么……到了那个世界我们就要欢欣鼓舞了……我的幽灵也要从那里回来,吓唬这些畜生。我要叫他们吓白了头。"

莫谢伊卡回来了,看到医师,伸出一只手。

"赏个小钱吧!"他说。

十八

安德烈·叶菲梅奇走到窗前,望着野外。天色已黑,在右侧的地平线上升起一轮红色的冷月。在离医院围墙不远的地方,大约一百俄丈开外,是一幢高大的白房子,围着石墙。那是监狱。

"瞧,这就是现实!"安德烈·叶菲梅奇想道。他心里害怕。

这月亮,这监狱,围墙上的铁钉,连同远处焚尸场上腾起的火焰,都让人不寒而栗。身后传来叹息声。安德烈·叶菲梅奇回过头去,看见一个胸前戴着亮闪闪的星章、勋章的人,正露出笑脸,狡黠地挤着一只眼睛。那模样令人胆战心惊。

安德烈·叶菲梅奇要自己相信:月亮和监狱其实没有什么特别的地方,心理健全的人照样佩戴勋章,世上万物最后都要腐烂,化作尘土。可是突然间他陷入绝望,伸出双手抓住铁栏杆,使出浑身的气力摇撼起来。坚固的铁窗纹丝不动。

后来,为了摆脱恐怖,他走到伊凡·德米特里床前,坐了下来。

"我的精神崩溃了,亲爱的朋友,"他小声低语,战战兢兢地擦着冷汗,"精神崩溃了。"

"那您就谈谈人生哲理吧。"伊凡·德米特里挖苦说。

"我的天哪,天哪,……对了,对了,您有一次谈到俄国没有哲学,可是人人都大谈其谈哲学,连小人物也不例外。不过您知道,小人物大谈哲学对谁也没有害处,"安德烈·叶菲梅奇用一种仿佛想哭、想引起怜悯的语气说,"我的朋友,为什么您要这样幸灾乐祸地嘲笑人呢?倘若小人物感到不满,为什么他不能发发议论呢?一个有头脑的、有教养的、有自尊心的、爱好自由的人,一个圣洁如神灵的人,竟然没有别的出路,除了去一个肮脏愚昧的小城当个医生,一辈子只是给病人拔火罐、贴水蛭、贴芥末膏!招摇撞骗,思想狭隘,庸俗!啊,我的天哪!"

"您尽说蠢话。既然讨厌当医生,何不去当大臣?"

"不行,哪儿也不行。我们软弱,亲爱的……对世事我向来冷眼旁观,过去议论起来便无所顾忌,可是一旦生活粗暴地碰我一下,我就垂头丧气……意志消沉……我们软弱,无用……您也一样,我的朋友。您聪明、高尚,您从母亲的乳汁里吮吸着美好的激情,可是一旦您迈进生活,您就倦怠,患病了……我们软弱,软弱啊!"

随着傍晚的来临,除了恐惧和屈辱之外,安德烈·叶菲梅奇无时无刻不感受到一种难以摆脱的不安。最后,他弄明白，他这是想喝啤酒，想抽烟了。

"我要出去，我的朋友，"他说，"我去说，让他们弄灯来……不能这样……我受不了了……"

安德烈·叶菲梅奇走到门口，打开门，可是尼基塔立即跳起来，挡住他的去路。

"您去哪儿？不行，不行！"他说，"该睡觉啦！"

"我出去一会儿，在院子里走走。"安德烈·叶菲梅奇慌张地说。

"不行，不行，这不许可。您自己也知道。"

尼基塔砰的一声关上门，用背顶住门板。

"可是即使我出去了，这又碍着谁了？"安德烈·叶菲梅奇耸耸肩膀问道，"莫名其妙！尼基塔，我要出去！"他用颤抖的声音说，"我非出去不可！"

"别捣乱，这不好！"尼基塔训斥道。

"鬼知道这是怎么回事！"伊凡·德米特里突然跳起来喊道，"他有什么权利不放人出去？他们怎么敢把我们关在这里？法律好像明文规定，不经审判谁都不能被剥夺自由！这是暴力！专制！"

"当然，这是专制！"安德烈·叶菲梅奇受到伊凡·德米特里呼喊声的鼓舞，也说，"我要出去。我必须出去。他没有权利！放我出去，你听见没有？"

"你听见没有，蠢猪？"伊凡·德米特里大声叫骂，用拳头捶门，"你开门，要不然我砸了它！屠夫！"

"开门！……"安德烈·叶菲梅奇浑身打战，大喊道，"我要你开门！"

"再喊呀！"尼基塔在门后回答，"喊呀！"

"至少你去把叶夫根尼·费多雷奇叫来。对他说，我请他来一趟……来一会儿！"

"明天他们会亲自来的。"

"他们绝不会放我们出去！"这时伊凡·德米特里继续道，"他们要在这里把我们活活折磨死！哦，主啊！难道在那个世界里真的没有地狱，这些恶人可以不受惩罚吗？正义在哪里？快开门，恶鬼，我要闷死了！"他声嘶力竭地喊着，身子向房门撞去，"好吧，我来撞个头破血流！你们这些杀人犯！"

尼基塔迅速打开门，用双手和膝盖粗鲁地把安德烈·叶菲梅奇推开，然后抡起胳膊，一拳打在他的脸上。安德烈·叶菲梅奇感到一股带咸味的巨浪把他连头带脑吞没，向床那边冲去，他的嘴里当真有股咸味：多半他的牙齿出血了。他像要游出水面，挥舞着胳膊，抓住了不知谁的床，这时他感到尼基塔在他背上又打了两拳。

伊凡·德米特里一声尖叫。想必他也挨打了。

随后一切复归平静。淡淡的月光照进铁窗，地板上落着网格子一样的影子。真可怕。安德烈·叶菲梅奇躺下，屏住呼吸，惶恐不安地等着再一次挨打。就像有人拿一把镰刀，扎进他的体内，在胸腔和腹腔内转了几圈。他疼得直咬枕头，磨牙。忽然间，在他一片混沌的脑子里，清晰地闪出一个可怕的难以承受的念头：此刻在月光下像鬼影般的这几个人，几十年来一定天天都忍受着这样的疼痛。二十多年来他对此一无所知，而且也不想知道——怎么能这样呢？他没有受过苦，甚至不知道什么叫疼痛，因此他也许情有可原。可是，良心的谴责却像尼基塔那样固执无情，弄得从头到脚浑身冰冷。他一跃而起，想大喊一声，飞快跑去杀了尼基塔，杀了霍博托夫、总务长和医士，然后自杀，然而从他的胸腔里发不出一丝声音，两条腿也不听使唤。他上气不接下气，一把抓住胸前的长袍和衬衫，猛地撕开了。他倒在床上，失去了知觉。

十九

第二天早晨，他头疼耳鸣，感到周身瘫软。想起昨天自己的软弱他不觉得有愧。昨天他胆怯，甚至怕见月亮，真诚地说出了以前意料不到的思想和感情，如小人物感到不满难免爱发议论的想法。可是现在他觉得一切都无所谓了。

他不吃不喝，躺着不动，一声不吭。

"我无所谓了，"别人问他话时，他想，"我不想回答……我无所谓了。"

午饭后，米哈伊尔·阿韦良内奇来了，带来了四分之一俄磅茶叶和一俄磅水果软糖。达留什卡来过几次，呆板的脸上露出几分悲伤，在床头一站就是一个钟头。霍博托夫也来看望他，带来一瓶溴化钾，吩咐尼基塔熏一熏病室。

傍晚，安德烈·叶菲梅奇因脑溢血死去。起初他感到一阵剧烈的寒战和恶心,那股难受劲儿像是渗透他的全身,直至手指,从胃里涌到头部,灌进了眼睛和耳朵。眼前的东西发绿。安德烈·叶菲梅奇明白他死到临头了,他忽然想到伊凡·德米特里、米哈伊尔·阿韦良内奇以及千千万万的人是相信永生的。万一真能这样呢?然而他不想永生,他的这个念头也只是一闪而过。他昨天在书里读到的一群体态优雅、美丽异常的鹿正从他身前跑过,随后一个农妇伸手给了他一封挂号信……米哈伊尔·阿韦良内奇说了一句什么。随后一切都消失了,安德烈·叶菲梅奇永远失去了知觉。

勤杂工来了,抓住他的胳膊和腿,把他抬到小教堂。他躺在那里的桌子上,睁着眼睛,夜里月光照着他。早晨谢尔盖·谢尔盖伊奇来了,他对着十字架上的耶稣像祷告一番,合上前任上司的眼睛。

第二天,安葬了安德烈·叶菲梅奇。只有米哈伊尔·阿韦良内奇和达留什卡两个人来送葬。

1892 年

阅读心得

《六号病房》是契诃夫最具盛名的代表作。作品以两个知识分子——格罗莫夫和拉金为主角,以肮脏的第六病室为场景,控诉了沙皇俄国统治的腐朽落魄,歌颂了知识分子的反抗精神,但同时也透露出对国家前途未卜的担忧,和对知识分子被迫害的阴郁情绪。

格罗莫夫曾经是一个小官吏，他饱读诗书，义愤填膺，看不惯官场的蝇营狗苟以及上级对百姓的欺压，因此他经常振臂疾呼，为民请命。可惜，这样的一个好青年最终被专制制度迫害到得了被害妄想症，每天都在害怕自己被杀害，于是被关进了六号病室。

而拉金的反抗并没有那么明显，一开始来到第六病室的时候，他是作为医生，希望改变这里的情况，但事实上，他最终选择了逃避，并创立了自己的一套哲学以明哲保身。后来，和格罗莫夫的争论唤醒了他的灵魂。只可惜，这样的拉金却被人们认为是"疯子"，也被关到了六号病室，并被迫害致死。如此说来，六号病室不过是一个小的库页岛，它的作用，就是为统治者杀害正义的知识分子。

写作借鉴

六号病室外在环境肮脏可怕，里面的病人都精神不正常，但可贵的是，在六号病室有着主人公格罗莫夫这样的反叛者，虽然他的反叛对整个社会而言没有太大作用，但至少象征着希望。而随着拉金的被关、被杀，作者对俄国未来的思考与迷茫也自然地表露出来。

作者将六号病室作为俄国监狱的缩影来写，这种以小见大的手法不仅可以让读者眼前一亮，也会引发读者深思。

带阁楼的房子

——画家的故事

名师导读 · · ·

　　画家到朋友家借宿，一个偶然的机会，他注意到不远处阁楼里住着两个妙龄少女，一个果敢利落，一个清纯可爱，他会去拜访女孩们吗？女孩们和他之间又会发生什么故事呢？一切都要从那座带阁楼的房子说起……

一

　　这事发生在六七年前，当时我住在T省某县地主别洛库罗夫的庄园里。别洛库罗夫是个年轻人，早晨起得早，穿一件腰部带褶的外衣，每天晚上都要喝啤酒，老跟我抱怨，说他处处得不到人家的同情。他住在花园的厢房里，我则住在地主老宅的大厅里。大厅有许多圆柱，除了我睡的一张宽大的长沙发以及我摆纸牌作卦的一张桌子外，再没有别的家具。里面的几个老旧的阿莫索夫壁炉〔由Н·А·阿莫索夫（1787—1868）设计的一种气动式炉子〕不停地发出嗡嗡声，哪怕晴天也不例外。遇上大雷雨，整座房子便震颤起来，似乎要轰的一声塌下来，粉身碎骨了。特别在夜里，当十扇大窗被闪电照亮时，好不叫人胆战心惊。

我这人生性懒散，万事不管，这也是命运使然。一连几个小时眼望窗外的天空、飞鸟和林荫道，阅读给我邮寄过来的书报，要不就睡觉。有时我外出，找个地方游荡一番，很晚才回来。

有一天，在回家的路上，我无意中走进一处陌生的庄园。太阳躲起来，黄昏的阴影在扬花的黑麦地里伸展开去。两行又高又密的老云杉，像两堵望不断的墙，形成了一条幽暗而美丽的林荫道。我轻松地越过一道栅栏，顺着林荫道走去，地上铺着一俄寸（一俄寸等于 4.4 厘米）厚的针叶，走起来有点儿打滑。四周寂静、昏暗，只有高高的树梢上，不时跳动着明亮的金色光芒，在蜘蛛网上变幻出彩虹般的色彩，针叶的气味浓烈得让人透不过气来。我拐了弯，来到一条长长的椴树林荫道。这里同样是一片荒凉而古老的景象。隔年的树叶在脚下哀伤地窸窣作响，暮色中树木阴影幢幢。右侧的一座古老的果园里，一只黄莺懒洋洋地、有气无力地唱着歌，想必它也上了年纪了。到了椴树林荫道的尽头，过去便是一幢白色房子，有凉台和阁楼，眼前忽然出现一座庄园的院落和一个水面宽阔的池塘。池塘四周绿柳成荫，有一座洗澡棚子。池塘对岸有个村庄，还有一座又高又窄的钟楼，在夕阳映照下，上面的十字架金光闪闪。刹那间勾起我一种亲切而又熟悉的醉人回忆——这番景象我似乎早在儿时见过。

院落前有一道白色的石砌大门通向田野，大门古色古香而又厚重结实，两侧蹲着一对石狮子。大门口站着两个姑娘。其中一个年长些，身材苗条，脸色苍白，十分漂亮，一头栗色的蓬松浓发，一张小嘴轮廓分明，神态严厉，对我似乎不屑一顾。另一位还很年轻，顶多十七八岁，身材同样苗条，脸色苍白，嘴巴大些，一双大眼睛吃惊地望着我从一旁走过，说了一句英语，又扭怩起来。我只觉得这两张可爱的脸儿仿佛也是早已熟悉的。我回到住处，恍如做了一场美梦。

此后不久，有一天中午，我和别洛库罗夫在屋外散步，忽听得草地上传来沙沙声，一辆带弹簧座的四轮马车驶进院子，车上坐着那位年长的姑娘。她为遭受火灾的乡民募捐而来，随身带着认捐的单子。她不正眼看我们，极其严肃而详尽地对我们讲起西亚诺沃村烧了多少家房子，有多少男女和儿童无家可归，以及救灾委员会打算初步采取什么措施——她就是这个委员会的成员。她让我们认捐签字，收起单子后即刻离去。

"您完全把我们忘了，彼得·彼得罗维奇，"她向别洛库罗夫伸出手，说，"您来吧，如果monsieurN（法文，意为"某先生"）（她说出我的姓）想看一看崇拜他天才的人是怎样生活的，那么请光临寒舍，妈妈和我将十分荣幸。"

我鞠躬致谢。

她走之后，彼得·彼得罗维奇讲起她家的情况。据他说，这个姑娘是好人家出身，叫莉季娅·沃尔恰尼诺夫，她和母亲、妹妹居住的庄园，连同池塘对岸的村子，都叫舍尔科夫卡。她的父亲当年在莫斯科地位显赫，去世时已是三品文官。尽管家财万贯，沃尔恰尼诺夫的家人一直住在乡间，不论冬夏从不离开。莉季娅在舍尔科夫卡的地方自治会办的小学任教，每月领二十五卢布薪水。她就靠这笔收入维持自己的生计，她为能自食其力而感到自豪。

"这个家庭挺有意思，"别洛库罗夫说，"好吧，我们哪天去看看她们。她们会欢迎您的。"

一个节日的午后，我们想起了沃尔恰尼诺夫一家人，便动身到舍尔科夫卡去拜访她们。母亲和两个女儿都在家。母亲叶卡捷琳娜·帕夫洛夫娜当初想必挺有几分姿色，不过现在身体发胖，精神萎靡不振，显得比实际年龄要大，还害着哮喘病。她神色忧郁而恍惚，尽量跟我聊绘画方面的话题。事先她从女儿那里得知，我可能会去舍尔科夫卡，她仓促间想起了在莫斯科的画展上曾见过我的两幅风景画。现在她就问我，在这些画里我想表现什么。莉季娅，家里人都叫她丽达，大部分时间在跟别洛库罗夫交谈，很少跟我说话。她神态严肃，不苟言笑，问他为什么不到地方自治机关任职，为什么他至今一次也没有参加过地方自治会的会议。

"这样不好，彼得·彼得罗维奇，"她责备说，"不好。该惭愧才是。"

"说得对，丽达说得对，"母亲附和道，"这样不好。"

"现在，我们全县巴拉金一手遮天，"丽达转向我，接着说，"他本人是县地方自治局执行委员会主席，他把县里的所有职位都让他的那些侄儿和女婿占着，自己为所欲为。应当起来斗争才是。青年人应当组成强有力的一派。可是您看到了，我们这儿的青年人是怎么样的。惭愧啊，彼得·彼得罗维奇！"

大家谈论地方自治局的时候，妹妹任尼娅一声不吭。她向来不参加严肃的谈话。家里人还不把她当作大人看待，由于她小，大家叫她蜜修斯〔"蜜斯"是英语 miss（小姐）的音译。"蜜修斯"为"蜜斯"的昵称〕，这是因为她小时候称呼她的家庭女教师为蜜斯的缘故。她一直好奇地望着我，当我翻看相册时，她不时为我解释"这是叔叔……这是教父"，还用纤细的手指点着相片。这时她像孩子般把肩头贴着我，我便在近处看到她那柔弱的尚未发育的胸脯、消瘦的肩膀、发辫和紧束着腰带的苗条身躯。

我们玩槌球，打网球，在花园里散步，喝茶。晚餐时消磨了很长时间。在住惯了又大又空的圆柱大厅之后，来到这幢不大却很舒适的房子里一时还有点儿不适应。这里的四壁没有粗劣的石版画，这里对仆人以"您"相称，这里因为有了丽达和蜜修斯，一切都显得年轻而纯洁，到处都呈现出上流社会的氛围。餐桌上，丽达又跟别洛库罗夫谈起县地方自治局、巴拉金和学校图书馆。这是一位充满活力、真诚、有坚定信念的姑娘，听她讲话很有意思，只是她话太多，声调很高——这大概是她做老师养成的习惯。可是我的那位彼得·彼得罗维奇，从上大学起，就喜欢把普通的谈论引向争论，而且讲起话来枯燥无味,拖沓冗长,总想炫耀自己是个有头脑的进步人士。他做手势的时候,袖子带翻了一碗调味汁,弄得桌布上一摊油渍,可是除了我,好像没有引起谁的注意。

我们回家的时候,天已经黑了,四下里静悄悄的。

"良好的教养不在于你弄不弄翻调味汁,弄不弄脏桌布,而在于别人弄翻了你只当没看见,"别洛库罗夫说完叹了一口气,"是啊,这是个了不起的、有教养的家庭。我跟这些高尚的人很少来往了,我远远落在这些优秀人物之后了! 成天忙忙碌碌! 忙忙碌碌!"

他讲到如果人想把农业经营得出色,就必须付出许多辛劳。而我却想:他这人多么迟钝、懒散! 每当他谈起什么正经事,就故意拖长声调,哎呀哎呀的,干起事来,跟说话一样——慢腾腾,拖拖拉拉,错失时机。我已经不相信他会认真办事,因为我曾托他去邮局发几封信,他却一连几个星期把信揣在自己的口袋里忘了寄出去。

"最难以忍受的是,"他跟我并排走着,嘟哝道,"最难以忍受的是,你辛辛苦苦地工作,却得不到任何人的同情。得不到丝毫同情!"

二

此后我经常去沃尔恰尼诺夫家。通常我坐在凉台最下一级的台阶上。我心情苦闷,对自己不满,为匆匆流逝的岁月而暗自神伤,只觉得生活索然无味。我老想,我的心变得如此沉重,真该把它从胸腔里挖出来才好。这时候凉台上有人说话,响起衣裙的窸窣声和翻书声。我对丽达的活动很快就见怪不怪了:白天她给病人看病,分发书本,经常不戴帽子、打着伞到村子里去,晚上则大声谈论着地方自治局和学校的事。这个苗条、漂亮、神态始终严肃、小嘴轮廓分明的姑娘,只要一谈起正经话题,总是冷冷地对我说:

"您对这种事是不会感兴趣的。"

她对我没有好感。她之所以不喜欢我,是因为我是风景画家,在我的那些画里不反映人民的困苦,而且她觉得,我对她坚信不疑的事业是漠不关心的。我不由得记起一件往事,一次我路过贝加尔湖畔,遇到一个骑在马上、穿一身蓝布裤褂的布里亚特族(俄国境内少数民族,系蒙古族的一支)姑娘。我问她,可否把她的烟袋卖给我。我们说话的时候,她一直轻蔑地看着我这张欧洲人的脸和我的帽子,不一会儿就懒得搭理我。她一声叱喝,策马离去。丽达也是这样蔑视我,似乎把我当成了异族人。当然,表面上她绝不表露出对我的不满,但我能感觉出来,因此,每当我坐在凉台最下一级台阶上,总是生着闷气,数落道:自己不是医生却给农民看病,无异于欺骗他们,再者一个人拥有两千俄亩(一俄亩等于1.09公顷)土地,做个慈善家岂不是举手之劳?

她的妹妹蜜修斯,事事用不着她操心,跟我一样,完全过着闲散的生活。早上起床后,她立即拿过一本书,坐在凉台上深深的圈椅里读起来,两条腿刚够着地。有时她带着书躲到椴树林荫道里，或者干脆跑出大门到田野里去。她整天看书，全身心地投入。有时她的眼睛看累了，目光变得呆滞，脸色十分苍白，凭着这些迹象才能推测到，阅读时她何等地劳精耗神。每逢我上她的家，她一看到我就有点儿脸红，放下书，两只大眼睛盯着我的脸，容光焕发，对我讲起家里发生的事，比如说下房里的烟囱起火了，或是有个雇工在池塘里捉到一条大鱼。平时她总穿浅色的上衣和深蓝色的裙子。我们一道散步，摘樱桃做果酱，划船。每当她跳起来摘樱桃或划桨时，从她那宽大的袖口里就露出细弱的胳膊。有时我写生，她则站在旁边，欣赏我作画。

七月末的一个星期日，早上九点多钟我来到沃尔恰尼诺夫家。我先在花园里散步，慢慢地离房子越来越远，寻找白蘑菇。那年夏天这种蘑菇特别多，我在一旁插上标记，以便后来好同任尼娅一道来采。暖风拂面。我看到任尼娅和她的母亲身穿浅色的节日衣裙，从教堂里回来，任尼娅一手扶着帽子，怕被风刮掉。后来我听到她们在凉台上喝茶。

我这人无牵无挂，而且总想为自己的懒散生活找点儿借口，所以夏天庄园里的早晨对我来说，总觉得格外喜人。这时郁郁葱葱的花园里空气湿润，露珠点点，晨曦下万物熠熠生辉，显得喜气洋洋；这时房子附近弥漫着木樨花和夹竹桃的香味，年轻人刚从教堂归来，在花园里喝着茶；这时人人都穿得漂漂亮亮，个个都欢天喜地；这时你才知道，所有这些健康、鲜衣饱食、漂亮的人，在这漫漫夏日里可以无所事事——

在这种时刻,你不禁想到:但愿此生都能过上这种生活。此刻我就是怀着这样的愿望,在花园里徜徉,准备就这样悠闲地、漫无目标地走上一整天,走上一个夏季。

任尼娅提着篮子来了。看她的表情,仿佛她早知道或者预感到会在花园里找到我。我们一起采起了蘑菇,聊天。每当她想问我什么,就朝前走几步,好面对我的脸。

"昨天我们村里出了件奇事,"她说,"瘸腿的佩拉盖娅病了整整一年,什么样的医生和药都不管用,可是昨天有个老太婆过来嘀咕了一阵,她的病就好了。"

"这算不了什么,"我说,"不应当在病人和老太婆身上寻找奇迹。难道健康不是奇迹吗?难道生命本身不是奇迹吗?凡是不可理解的东西,都是奇迹。"

"那您害怕那些不可理解的东西吗?"

"不怕。对那些我不理解的现象,我总是勇敢地迎上去,不向它们屈服。我比它们高明。人应当意识到,人比狮子、老虎、星星要高明,比自然界的万物都要高明,甚至比那些不可理解、被说成奇迹的东西还要高明,否则他就不配是人,成了见什么都怕的鼠辈。"

任尼娅以为,我既然是画家,应该懂得很多,即使有些事情不知道,多半也能猜出来。她一心想让我把她领进那个永恒而美妙的天地里,领进那个崇高的世界,照她看来,在那个世界里我是她的知己,她可以跟我谈上帝,谈永生,谈奇迹。而我认为我和我的思想在我死后还会存在,便回答说:"是的,人是不朽的","是的,我们将永生"。她听着,相信了,并不要求什么论证。

我们在往回去的路上,她突然停住脚步,说:

"我们的丽达是个了不起的人,是不是？我深深爱她,随时都可以为她献出生命。可是请您告诉我,"任尼娅伸出手指碰碰我的袖子,"您说说您为什么老跟她争论？您为什么动辄生气？"

"因为她是不对的。"

任尼亚说罢摇了摇头,眼睛里泪水盈盈。

"不可理喻！"她说。

这时,丽达刚好从外面回来,手里拿一根马鞭站在台阶附近,在阳光的照耀下更显得苗条,婀娜多姿。她正对雇工吩咐些什么。她匆匆忙忙,大声说话,接待了两三个病人后,一脸认真、操心的神色走遍所有的房间,一会儿打开这个柜,一会儿又打开那个柜,最后跑到阁楼上去。大家找了她好久,叫她吃午饭。等她来时,我们已经喝完汤了,所有这些细节不知为什么我至今都记得一清二楚,想起来还挺喜欢。整个这一天虽然没有发生什么特别的事,回忆起来却栩栩如生。午饭后,任尼娅深深地埋进圈椅里,又看起书来,我又坐到台阶的最下一级。大家都不说话。天空乌云密布,下起稀疏的细雨。天气闷热,风早就停了,这一天仿佛永远没有尽头似的。叶卡捷琳娜·帕夫洛夫娜摇着扇子,也到凉台上来了,一副睡眼惺忪的样子。

"啊,妈妈,"任尼娅说,吻她的手,"白天睡觉对你的健康是有害的。"

母女俩相亲相爱。一人去了花园,另一人必定站在凉台上,望着树林呼唤:"喂,任尼娅!"或是:"妈妈,你在哪儿?"她俩经常一起祈祷,两人同样笃信上帝,即使不说话,彼此也能心领神会。她俩对人的态度也一样。叶卡捷琳娜·帕夫洛夫娜很快就跟我处熟,喜欢我,只要我两三天不去,她就会打发人来探问我是不是病了。跟蜜修斯一样,她也在观赏我的画稿时连连夸赞,絮絮叨叨地、无所顾忌地告诉我发生的事,甚至把一些家庭秘密也透露给我。

她崇拜自己的大女儿。丽达向来不对人表示亲热,说的都是正经事。她过着自己独特的生活,在母亲和妹妹的眼里,她是个神圣而又带几分神秘的人物,诚如水兵们眼里端坐在舰长室里的海军上将。

"我们的丽达是个了不起的人物,"母亲常常这样说,"不是吗?"

这时下着绵绵细雨,我们正谈到了丽达。

"她是个了不起的人,"母亲说,然后战战兢兢地四下里看看,压低嗓子,怀着鬼胎似的补充说,"这种人白天打着灯笼也难找。不过,知道吗,我开始有点儿不放心。学校啦,药房啦,书本啦,这些都很好,可是何苦走极端呢?她都快二十四岁啦,早该认真想想自己的终身大事了。老这样为书本和药房的事忙忙碌碌,不知不觉中大好年华就要过去……她该出嫁了。"

任尼娅看书看得脸色发白，头发散乱，她抬起头来，望着母亲，像是自言自语地说：

"妈妈，一切听凭上帝的旨意。"

说罢，又埋头看起了书。

别洛库罗夫来了，他穿着腰部带褶的长外衣和绣花衬衫。我们玩槌球，打网球。后来天黑了，大家吃晚饭，又消磨了很长时间。丽达又讲起学校的事和那个一手遮天的巴拉金。这天晚上我离开沃尔恰尼诺夫家时，带走了这漫长而又闲散的一天留下的美好印象，同时又忧伤地意识到：这世上的一切，即使天荒地老，毕竟有它终结的一天。任尼娅把我们送到大门口，也许是因为她从早到晚伴我度过了一天，这时我感到，离了她似乎有些寂寞，这可爱的一家人对我来说已十分亲切。入夏以来我头一次有了作画的愿望。

"告诉我，您为什么生活得这么枯燥，毫无色彩？"我和别洛库罗夫一道回家时，我问他，"我的生活枯燥，沉闷，单调，这是因为我是画家，我是怪人，从少年时代起我在精神上就备受煎熬：嫉妒别人，对自己不满，对事业缺乏信心，我向来贫穷，四处流浪；可您呢，您是健康正常的人，是地主，是老爷——您为什么生活得这么乏味？您为什么从生活中获取那么少的东西？比如说吧，为什么您至今没有爱上丽达或者任尼娅？"

"您忘了我爱着另一个女人。"别洛库罗夫回答。

他说的是自己的女友，和他一起住在厢房里的柳波芙·伊凡诺夫娜。我每天都能见到这位女士在花园里散步。她长得极其丰满，肥胖，举止傲慢，活像一只养肥的母鹅，穿一套俄式衣裙，戴着项链，经常撑一把小阳伞。常常都得仆人喊叫她来吃饭喝茶。三年前她租了一间厢房当别墅，从此就在别洛库罗夫家住下，看样子永远不会走了。她比他大十岁，把他管得很严，以致他每次出门，都要征得她的许可。她经常扯着男人般的嗓子大哭大叫，遇到这种时候，我就打发人去对她说，如果她再哭下去，我就立即搬家，她这才止住不哭。

我们回到家里，别洛库罗夫坐到沙发上，皱起眉头想起心事，我则在大厅里来回踱步，像个堕入情网的人，感受着内心微微的情感波澜。我禁不住想谈谈沃尔恰尼诺夫一家人。

"丽达只会爱上地方议员，而且像她一样，热心办医院和学校，"我说，"啊，为了这样的姑娘，不但可以参加地方自治会的工作，而且像童话里说的那样，穿破铁鞋也心甘情愿。还有那个蜜修斯，她是多么可爱呀！"

别洛库罗夫拖长声调，慢腾腾地大谈其谈时代病——悲观主义。他说得振振有词，那种口气就好像我在跟他辩论似的。他就这么坐在那里，高谈阔论，又不知道他什么时候会走，这时你的心情远比穿过几百俄里荒凉、单调、干枯的草原还要烦闷。

"问题不在悲观主义还是乐观主义，"我气恼地说，"问题在于一百个人当中倒有九十九个没有头脑！"

别洛库罗夫认为这话是说他，一气之下扬长而去。

三

"公爵在玛洛焦莫沃村做客，他向你问候，"丽达不知从哪儿回来，脱下手套，对母亲说，"他讲了许多有趣的事情……他答应在省地方自治局代表会议上再一次提出在玛洛焦莫沃村设立医务所的问题。不过他又说希望不大。"然后转身对我说，"对不起，我又忘了，您对这种事是不会感兴趣的。"

我感到气愤。

"为什么不感兴趣？"我问，耸耸肩膀，"您不屑知道我的看法，但请您相信，对这个问题我很感兴趣。"

"是吗？"

"是的。依我看，玛洛焦莫沃村根本不需要医务所。"

我这一番愤激之言惹恼了她。她看我一眼，眯起眼睛，问：

"那么需要什么呢？风景画吗？"

"风景画也不需要。那里什么都不需要。"

她脱掉手套，打开邮差刚送来的报纸。过一会儿，她显然克制住自己，低声说：

"上星期安娜难产死了，如果附近有医务所，她就能活下来。我以为，风景画家先生们对此应有自己的高见吧。"

"我对此有十分明确的见解，请您相信，"我回答说，但她用报纸挡住了自己的脸，似乎不愿听我的，"依我看，医务所、学校、图书馆、药房，等等等等，在现有的条件下只有利于奴役。民众被一条粗大的锁链死死捆住了，而您不去砍断这条锁链，反而给它增加许多新的环节——这就是我的见解。"

她抬头看我一眼，嘲讽地一笑。我继续说下去，竭力抓住我的主要思想：

"问题不在于安娜死于难产，而在于所有这些安娜、玛芙拉和佩拉盖娅们从早到晚累弯了腰，力不从心的劳动害得她们病痛不断，她们一辈子为挨饿和生病的孩子担惊受怕，一辈子害怕死亡和疾病，一辈子求医问药，未老先衰，面容憔悴，在污秽和臭气中死去。她们的孩子长大了，又重蹈覆辙。几百年就这样过去了，千千万万的人过着猪狗不如的生活——只为了一块面包，成天担惊受怕。他们的处境之所以可怕，就在于他们没有时间考虑自己的灵魂，顾不上自己的形象和容貌。饥饿、寒冷、肉体的恐惧，繁重的劳动，像雪崩一样堵塞了他们精神生活的道路。而精神活动才是人与动物区别所在，才是人值得生存之处。您用医院和学校帮助他们，但您这样做并不能使他们摆脱束缚，恰恰相反，您却进一步奴役他们，因为您给他们的生活增加了新的偏见，您扩大了他们的需求，且不说为了买斑蝥膏药和书本，他们就得给地方自治会付钱，就是说，他们得更辛苦地干活才成。"

"我不想跟您争论，"丽达放下报纸说，"这一套我早听说了。我只想对您说一句：不要袖手旁观。的确，我们并不能拯救人类，而且在许多方面可能犯错误，但是我们是在做力所能及的事，所以我们是正确的。一个有文化的人最崇高、最神圣的使命是为周围的人服务，我们正尽力而为。您不喜欢这个，不过一个人做事本来就无法使人人满意。"

"说得对，丽达，你说得对。"母亲附和道。

有丽达在场她总有点儿胆怯，说着说着，眼睛不安地看着她的脸，生怕说出多余的或者不恰当的话。她从来不与她的意见相左，总是随声附和"说得对，丽达，你说得对"。

"教农民读书识字、散发充满可怜的说教和民间俗语的书本、设立医务所，这一切既不能消除愚昧，也不能降低死亡率，这正如你们家里的灯光不能照亮窗外的大花园一样。"我说，"您并没有给他们任何东西，您干预他们的生活，结果只能使这些人生出新的需求，为此付出更多的劳动。"

"啊，我的天哪，人总得有所作为！"丽达恼火地说，听她的语气可以知道，她认为我的议论微不足道，她不屑一顾。

"必须让人们从沉重的体力劳动中解放出来，"我说，"必须减轻他们的沉重负担，给他们以喘息的时间，使他们不至于一辈子守着灶台、洗衣盆，不要一辈子困在田野里，让他们也有时间来考虑灵魂和上帝，能够更广泛地发挥他们精神上的才能。一个人真正的使命在于精神活动，在于在精神活动中探求真理和生活的意义。让他们感到干那种笨重的牲口般的劳动毫无必要，需要的是自己的自由。到了那个时候您将看到，您的那些课本和药房无异是一种嘲弄。人一旦意识到自己真正的使命，那么能够满足他们的只有宗教、科学和艺术,而不是这些微不足道的小事。"

"从劳动中解放出来!"丽达冷笑道,"难道这可能吗?"

"可能。您可以分担他们的部分劳动。如果我们,全体城乡居民,无一例外地同意分担他们旨在满足全人类物质需要的劳动,那么我们每个人分到的一天劳动可能不超过两三小时。试想,如果我们,全体富人和穷人,一天只工作三小时,那么其余的都是闲暇的时间。请再设想一下,为了更少地依靠我们的体力,付出更少的劳动,我们发明各种机器来替代体力劳动,并且尽量把我们的需求减少到最低限度。我们锻炼自己,锻炼我们的孩子,让他们不怕饥饿和寒冷,到时候我们就不会像安娜、玛芙拉和佩拉盖娅们那样,成天为孩子们的健康担惊受怕了。您想一想,我们不看病,不开药房、烟厂和酒厂——结果我们会剩下多少富裕的时间!让我们大家共同把这闲暇的时间献给科学和艺术。就像农民有时全体出动去修路一样,我们大家也全体出动,去探求真理和生活的意义,那么——对此我深信不疑——真理会很快被揭示出来,人们就可以摆脱那种经常折磨人、压抑人的恐惧感,甚至摆脱死亡本身。"

"可是,您这番高论是自相矛盾的,"丽达说,"您口口声声'科学''科学',可您又否定识字教育。"

"在人们只能读酒店的招牌、偶尔看到几本读不懂的书本的情况下,识字教育又能怎么样?这样的识字教育早从留里克(据编年史记载,留里克为公元九世纪的诺夫哥罗德大公,留里克王朝的奠基人)时代起就延续下来,果戈理笔下的彼得鲁什卡早就会读书认字了。可是农村呢,留里克时代是什么样子,现在还是什么样子。我们需要的不是识字教育,而是广泛地发挥精神才能的自由,需要的不是小学,而是大学。"

"您也否定医学。"

"是的。医学只有在把疾病当作自然现象加以研究,而不是为了治疗的情况下,才是必需的。如果要治疗的话,那也不是治病,而是除掉病因,只有消除体力劳动这一主要的病因,就不会有疾病。我不承认有什么治病的科学,"我激动地继续道,"一切真正的科学和艺术所追求的不是短暂的、局部的目标,而是永恒的、整体的目标——寻求真理和生活的意义,探索上帝和心灵。如果它们只囿于当前的需要和迫切问题,只囿于药房和图书馆,那么它们只能使生活变得更加复杂、更加沉重。我们有不少医生、药剂师、律师、识字的人很多,可是没有一位生物学家、数学家、哲学家和诗人。人们全部聪明才智和精神力量都耗费在满足暂时的、一时的需要上……我们的学者、作家和艺术家们在劳精费神,正因为有了他们的努力,人们的生活条件才变得日益舒适,人们的物质需求不断增长,与此同时,离真理尚十分遥远,人依旧是最贪婪凶残、最卑鄙龌龊的动物。事物发展的趋势是,人类的大多数将退化,并永远丧失一切生存能力。在这种情况下,艺术家的生活是没有意义的,他越是有才能,他的作用就越令人奇怪,不可理喻,因为实际上他的工作不过是供凶残卑鄙的禽兽消遣,有利于维护现行的制度。所以我现在不想工作,将来也不工作……什么都不需要,让地球毁灭吧!"

"蜜修斯,你出去。"丽达对妹妹说,显然认为我的言论对这样年轻的姑娘是有害的。

任尼娅不悦地看看姐姐和母亲,走了出去。

"有些人想为自己的冷漠辩解,总是发表这类妙论。"丽达说,"否定医院和学校,比给人治病和教书容易得多。"

"说得对,丽达,你说得对。"母亲附和道。

"您威胁说不再工作,"丽达接着说,"显然您把自己的工作估计得过高了。我们别争论了,反正我们永远谈不到一块儿去,因为您刚才那么鄙薄图书馆和药房——它们即使很不完美,我也认为它们高于世界上所有的风景画。"她说到这里,立即转对母亲,用完全不同的语气说,"公爵自从离开我们家后,人瘦了许多,模样大变了。家里人要把他送到维希(法国疗养城市)去。"

她对母亲谈起公爵的情况,显然是不想跟我说话。她满脸通红,为了掩饰自己的激动,她像个近视眼似的,把头低低地凑到桌子跟前,装出看报的样子。我再待下去会使人难堪,便告辞回家。

四

外面静悄悄的。池塘对岸的村子已经入睡,看不到一丝灯光,只有水面上朦朦胧胧地倒映着暗淡的星空。任尼娅一动不动地站在大门前的石狮旁，等着我，想送送我。

"村里人都睡了，"我对她说，竭力想在黑暗中看清她的脸，看到的是一双忧伤的黑眼睛紧紧地望着我，"连酒店掌柜和盗马贼都安然入睡了，我们这些上流人却在互相怄气，争论不休。"

这是一个凄凉的八月之夜，之所以凄凉，因为已经透出秋意。紫气氤氲的月亮慢慢升起，照得大路和大路两侧黑沉沉的冬麦地朦胧一片。不时有流星坠落下去。任尼娅和我并排走在路上，她竭力不看天空，免得看到流星，不知为什么她害怕流星。

"我觉得您是对的，"她说，夜间的潮气害得她打起冷战，"如果人们万众一心，献身于精神活动，那么他们很快就会明了一切。"

"当然。我们是万物之灵。如果我们当真能认识到人类天才的全部力量，而且只为崇高的目的而生活，那么我们最终会变成神。然而这永远是不可能的：人类将退化，连天才也不会留下一鳞半爪。"

大门已经看不见，任尼娅停住脚步，匆匆地跟我握手。

"晚安，"她打着哆嗦说。她只穿一件衬衫，冷得瑟缩着，"明天再来吧。"

想到此后只剩下我一个人，生着闷气，对己对人都不满意，我不禁感到害怕。我也竭力不去看天上的流星。

"再跟我待一会儿，"我说，"求求您了。"

我爱任尼娅。我爱她也许是因为给我送往迎来的总是她，也因为她总是温情脉脉地望着我，欣赏我。她那苍白的脸，娇嫩的颈项，纤细的手，她的柔弱，闲散，她的书籍，是多么美妙而动人！那么，智慧呢？我怀疑她有超群的智慧，但我赞赏她的眼界开阔，也许正因为如此，她的许多想法才跟严肃、漂亮，却不喜欢我的丽达截然不同。任尼娅喜欢我这个画家，我的才能征服了她的心。我也一心只想为她作画，在我的幻想中，她是我娇小的皇后，她跟我将共同支配这些树林、田野、雾霭和朝霞，支配这美丽迷人的大自然，尽管在这里我至今仍感到极其孤独，像个多余的人。

"再待一会儿，"我央求道，"求求您了。"

我脱下大衣，披到她冰凉的肩上。她怕穿着男人的大衣显得可笑、难看，便笑起来，甩掉了大衣。我趁机把她搂在怀里，连连吻她的脸、肩膀和手。

"明天见！"她悄声说，然后小心翼翼地，似乎怕打破这夜的宁静，拥抱了我，"我们家的人彼此不保守秘密，我现在应当把一切都告诉妈妈和姐姐……太可怕了！妈妈倒没什么，妈妈喜欢您，可是丽达……"

她说罢朝大门跑去。

"再见！"她喊了一声。

之后有两分钟之久我都听到她的奔跑声。我已不想回家，再说也没有必要急着回去。我犹豫地站了片刻，然后缓步走回去，想再看一眼她居住的那幢可爱、朴素、古老的房子,它那阁楼上的两扇窗子,像眼睛似的望着我,它似乎什么都知道了。我走过凉台,在网球场旁边的长椅上坐下。我置身在老榆树的阴影中,打量着房子。蜜修斯生活的阁楼上,窗子亮了一下,接着透出柔和的绿光——这是因为灯上罩着罩子。人影摇曳……我的内心充溢着柔情和恬静,我满心欣喜,高兴的是,我还能够有所爱恋,能够爱人。可是转念一想,此刻在离我几步之遥的这幢房子的某个房间里,生活着丽达,她并不喜欢我、可能还恨我,我又感到很不痛快。我坐在那里,一直等着任尼娅会不会走出来,我凝神细听,似乎觉得阁楼里有人在说话。

大约过了一个小时,绿色的灯光熄灭了,人影也消失了。月亮已经高悬在房子上空,照耀着沉睡中的花园和小径。屋前花坛里的大丽花和玫瑰清晰可见,好像都是一种颜色。天气变得很冷。我走出花园,在路上拣起大衣,不慌不忙地回去了。

第二天午后,我又来到沃尔恰尼诺夫家。通往花园的玻璃门敞开着。我坐在凉台上,等着任尼娅会突然从花坛后面走出来,或者从一条林荫道里出现,或者能听到她从房间里传来的声音。后来我走进客厅和饭厅。那里一个人也没有。我从饭厅里出来,经过一条长长的走廊,来到前厅,然后又返回来。走廊里有好几扇门,从一间房里传来丽达的声音。

"上帝……送给……乌鸦……"她拖长声音大声念道,大概在给学生听写,"上帝送给乌鸦……一小块奶酪(这是克雷洛夫的寓言《乌鸦和狐狸》中的文字)……谁在外面?"她听到我的脚步声,突然喊了一声。

"我。"

"哦!对不起,我现在不能出来见您,我正在教达莎功课。"

"叶卡捷琳娜·帕夫洛夫娜在花园里吗?"

"不在,她跟我妹妹今天一早动身去平扎省我姨妈家了。冬天她们可能到国外去……"过了一会儿,她接着说,"上帝……送给乌鸦……一小块奶酪……你写完了吗?"

我走进前厅,呆呆地站在那里,眼望着池塘,望着村子,耳边又传来丽达的声音:

"一小块奶酪……上帝给乌鸦送来一小块奶酪……"

我离开庄园,走的是头一次来的路,不过方向相反:先从院子进入花园,经过一幢房子,然后是一条椴树林荫道……一个男孩追上我,交给我一张字条。我念道:

> 我把一切都告诉姐姐了,她要求我跟您分手。我无法不听她的话而让她伤心。愿上帝赐您幸福,请原谅我。但愿您能知道我和妈妈多么伤心!

然后是那条幽暗的云杉林荫道,一道倒塌的栅栏……田野上,当初黑麦正扬花,鹌鹑声声啼叫,此刻只有母牛和加了羁绊的马儿在游荡。山坡上,散落着一些绿油油的冬麦地。我又回到平常那种平静的心境,想起在沃尔恰尼诺讲的那些话,不禁感到羞愧——跟从前一样我又过起枯燥乏味的生活。回到住处，我收拾一下行李，当天晚上就动身回彼得堡去了。

此后我再也没有见到沃尔恰尼诺夫一家人。不久前的一天，我去克里米亚，在火车上遇见了别洛库罗夫。他依旧穿着腰部有褶的长外衣和绣花衬衫。当我问到他的健康状况时，他回答说："托您的福了。"我们交谈起来。原来他把原先的田庄卖了，买了一处小一点儿的田庄，写在柳波芙·伊凡诺夫娜的名下。关于沃尔恰尼诺夫一家人，他说得不多。据他说，丽达依旧住在舍尔科夫卡，在小学里教孩子们读书。渐渐地她在自己周围聚集了一群同情她的人，他们结成强有力的一派，在最近一次地方自治会的选举中"击垮了"县里一手遮天的巴拉金。关于任尼娅，别洛库罗夫只提到，她不在老家住，现在去向不明。

那幢带阁楼的房子我已渐渐淡忘，只在作画和读书的时候，偶尔忽然无端地忆起阁楼窗口那片绿色的灯光，忆起我那天夜里走在田野上的脚步声，当时我沉醉于爱情之中，不慌不忙地走回家去，冷得我不断搓手。有时——这种时刻更少——当我孤独难耐、心情郁闷的时候，也会模模糊糊地忆起这段往事，而且不知什么缘故，我渐渐地觉得，有人也在想念我，等待我，有朝一日我们会相逢的……

蜜修斯，你在哪儿？

1896 年

阅读心得

　　小说塑造了三个主要人物:画家主人公,邻居家的姐姐丽达和妹妹蜜修斯。画家和姐姐之间有着不可调和的矛盾,他们一个主张启发民智,一个认为应该满足人民生活需求,同样为了拯救百姓,他们的出发点完全不同,而且谁也说服不了谁,画家质疑姐姐的目光短浅,姐姐讨厌画家的居高临下。也正因此,当画家和蜜修斯的感情被姐姐知道时,丽达严厉反对,由此画家和蜜修斯的爱情也终止了。

　　抛开故事表面来看,我们似乎可以找到他们在现实社会中的对应角色。画家代表着一些有理想、愿意为解放农奴做贡献的贵族,他们没有体会过人间冷暖,理所应当地认为从理想和艺术的角度出发是解救百姓的根本;而以丽达为代表的实干家则了解俄国现实,他们认为,只有满足人民的基本生活,才能进一步启发他们的精神追求,可惜仅仅立足于当下,没有高屋建瓴的规划。

　　最后,画家在文末呼唤恋人蜜修斯,我们似乎可以看作他在深切地思考:俄国的未来是什么? 光明的未来又在哪里呢?

写作借鉴

　　暗喻是小说家常用的手法,本篇小说体现在蜜修斯这一角色上,她单纯美好,既是主人公的恋人,又是他心中圣洁光明的象征。而转念一想,美好的蜜修斯其实更是俄国未来的隐喻。善用隐喻,有利于增强文章的魅力,能够更快抓住读者的心。

读后感

　　契诃夫是俄国文学巨匠，也是世界短篇小说优秀作家，阅读他的短篇小说是一种绝佳的体验。他用文字把我们带入了十九世纪的俄国，让我们看到了当时的黑暗社会。即便我们和他身处不同的时代不同的国家，也丝毫不影响我们之间的情感交流。通过作家的文字，我们就仿佛身处十九世纪的沙皇俄国，感受着每一个受苦受难的民众的悲喜。

　　契诃夫笔下的民众无疑是值得同情的，九岁的万卡和十三岁的瓦里卡就是代表，当儿童不能享受无忧无虑的童年时，这个社会的黑暗程度可想而知。小小的万卡和瓦里卡的悲剧并没有让东家动恻隐之心，他们举起拳头对儿童拳打脚踢，贫苦百姓的孩子何其可怜！最终，万卡寄希望于一封信件，可我们都知道这封信不会有回音，而瓦里卡则走向了极端，我们为她未来的命运感到揪心，同时我们也为这个悲凉的社会叹息不止。

　　契诃夫出身于平民家庭，这让他有机会见到社会中穷苦百姓的生存现状，正是这些现状激发了他内心深处的同情，令他拿起笔为千万个万卡和瓦里卡疾呼，让世界看到他们的境况，让上层和知识分子看清俄国的伤疤，从而激起有识之士的斗争意识和反叛意识，最终击垮这个不公平的社会！

　　战士有自己的兵器，而文字就是作家的兵器。契诃夫的文字走进了很多人的心，让更多人走向了反抗沙皇暴政的道路，最终成了俄国进步的重要一环！